イスラエルに揺れる

東野翠れん

リトルモア

イスラエルに揺れる

東野翠れん

はじめに

日本海を渡ってアジア大陸をぐんぐん突き進むと……アジア大陸の向こう端に、地中海に面した、よく四国ほどの大きさと言われる、イスラエルに行きあたります。

戦後しばらくたった日本で生まれ育った父と、建国されて間もないイスラエルで生まれ育った母のあいだに、わたしは日本で生まれました。

イスラエル、そこは美しい色彩と自然に溢れ、大好きな人々が住んでいて、町にはノラ猫が行き交い、生きる力で満ちていて——波、岩、パーク・ハ・ヤルコン、ギブアタイム、ベランダ、美しい女性、彫りが深い男、銃を持った兵隊、バス、気の強い人、市場、短パン、ヘブライ語、アラブ語、ゴラン高原……。

本書は、その地で過ごした日々の想いでを綴った、と言ってしまえばそうかもしれませんが、そうと言いきれない。というのは、ここで書いたことは今も陽に当たると輝きだし、わたしのなかを、そしてわたしの行く先で踊っているからです。

どんな悪党も善良な人も、美味しいものを食べたら悦ぶだろうし、どんな善良な人間も、悪党だと知らないで（もしくは知っていても）ダンスに誘われたら、楽しく舞うかもしれません。世界で起きていることを良いとか悪いと言ってしまうのは簡単でも、すべては同じ空間のなかで起きていて、それらを分けることは、ほんとうには出来ないのかもしれません。

そうしてイスラエルで過ごした楽しい時間も消化できない現実も、良いとか悪いだけではどうにもならないことも、不思議なことに黄金色の空気のなかを舞っています。想いではいつも美しいものだと言われてしまうかもしれませんが、想いでともまたちょっとちがうの、とまたはじめから同じようなことを、繰り返してしまいそうです。

イスラエルが誕生してから今年で六十三年が経ちました。そして、戦争や紛争、殉教が繰り返されてきた歴史は現在に至ります。

今わたしは日本にいます。二〇一一年三月一一日を経験してから、新しい目を、鼻を、耳を必要としている、そんな感覚があります。それはもしかしたら、イスラエルを歩くときに必要とする、目や鼻や耳に、どことなく似ているかもしれない……と感じている。

イスラエルも、日本も、故郷という言葉のもつ輝きそのもののなかで揺れている。

イスラエルで起きていることは、日本に住むこんなにも小さな人間にまで届いている。日本で巻きあがる僅かな風だって、どこかに住んでいる誰かの胸に、届いているにちがいない。

この小さな本を通して、誰かと出会えたら、それほどうれしいことはありません。今日という日が、また今日も訪れるのなら、わたしはひとりでも多くの人と出会いたい、景色に形に色に音に言葉に写真に目に手に足の歩みそのものに旋律に食感や触感に出会いたい。

平和は家の中からといったサフタに

目次

はじめに　2
Ⅰ章　イスラエルに揺れるペーラッフ　11
Ⅱ章　サフタのタイプライター　31
Ⅲ章　チキンスープの湯気
——アイザック・B・シンガーに出会う　53
Ⅳ章　ローズのチャッケス　65
Ⅴ章　キブツの冬、甘い泥　85
Ⅵ章　バールミツバ　105

Ⅶ章　ネリー・ザックスの光　117
Ⅷ章　日記　前篇　133
Ⅸ章　日記　後篇　177
Ⅹ章　満月の夜、ユダの砂漠で　201
おわりに　222
セフェル・ヴィホロノット　228

表紙・本文　写真　東野翠れん

イスラエル周辺地図

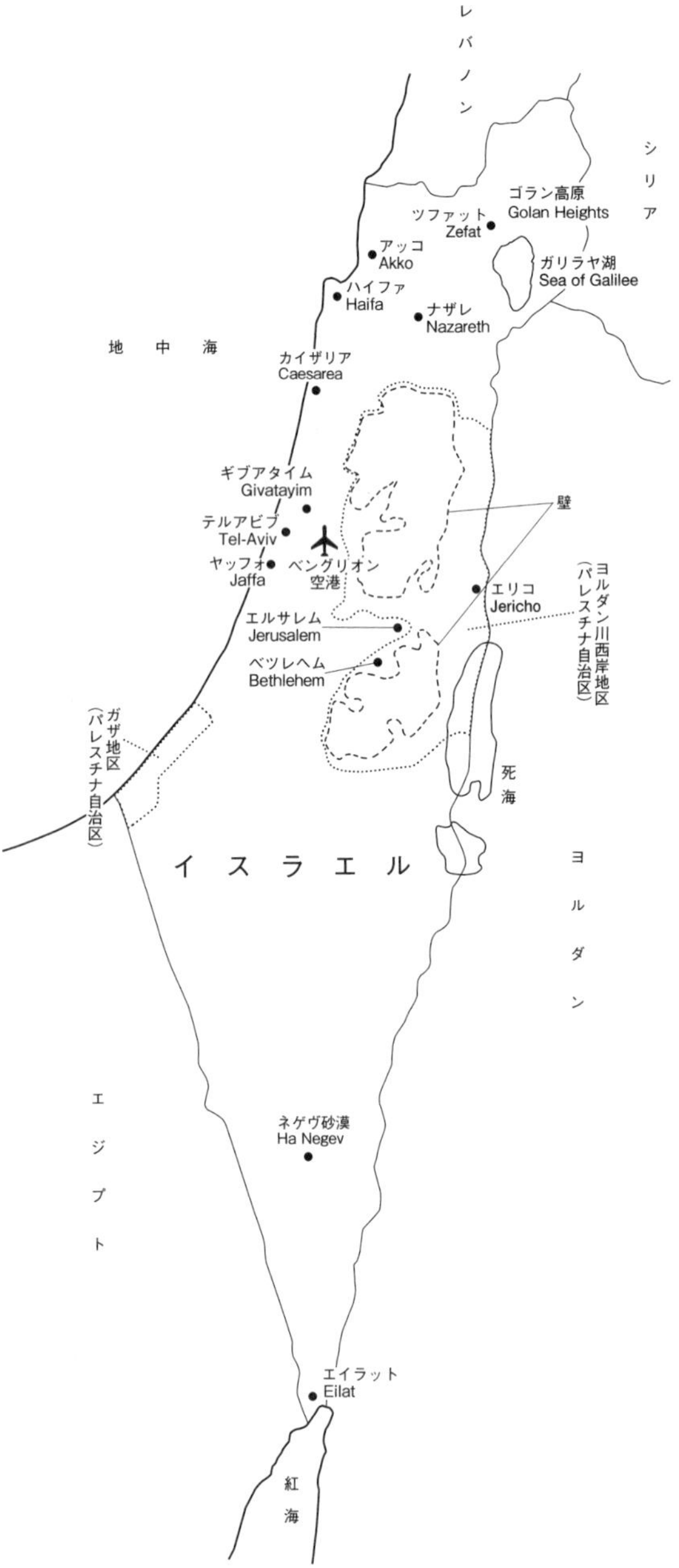
レバノン
シリア
ゴラン高原
Golan Heights
ツファット
Zefat
アッコ
Akko
ガリラヤ湖
Sea of Galilee
ハイファ
Haifa
ナザレ
Nazareth
地中海
カイザリア
Caesarea
ギブアタイム
Givatayim
壁
テルアビブ
Tel-Aviv
ヤッフォ
Jaffa
ベングリオン空港
エリコ
Jericho
ヨルダン川西岸地区（パレスチナ自治区）
エルサレム
Jerusalem
ベツレヘム
Bethlehem
ガザ地区（パレスチナ自治区）
死海
イスラエル
ヨルダン
エジプト
ネゲヴ砂漠
Ha Negev
エイラット
Eilat
紅海

この本に登場するおもな人びと

私　日本人の父、イスラエル人の母のもと東京で生まれ育つ。幼少期に二年間イスラエルで暮らし、その後もたびたび訪れている。妹がいる。

母　私の母。イスラエル人。ポーランド出身の父と、イギリス出身の母のもとエルサレムで生まれる。ギブアタイム育ち。いまは東京に暮らす。

サフタ　私の祖母。サフタはヘブライ語でおばあちゃんという意味。名はグローリア。一九四九年にイギリスからイスラエルへ渡った。

サバ　私の祖父。サバはヘブライ語でおじいちゃんという意味。いまは二番目の奥さんとイスラエルに暮らす。

タミ　母の妹。イスラエルのテルアビブで暮らしている。空港まで私たちをいつも迎えに来てくれる。

モシェ　その夫。

ガル　その息子。ガルはヘブライ語で波という意味。

ツィビ　その犬。あわい茶色のたくましい犬。

プレマ　母の古い友人で、ハイファ近郊のマフラというちいさな村に住む。ドイツ人。美しい機を織る。

ニツァン　その夫。イスラエル人。太極拳を教えている。

ヨナタン　その長男。ヨナタンとの最初の思い出は、コールスローを食べきったことと、煙草を吸った（真似をした）こと。

ラファエロ　その次男。サーフィンが好きでいつも海にいる。

イタマール　その三男。ラファエロと同じくらいサーフィンが好き。私の妹と年がちかい。

ローズ　母のいちばん年上の友人。母が徴兵を終え放浪の途中ギリシャ行きの船で出会った。ロスアンジェルスに住む。

イングリッド　母の古い友人。紅海沿岸、ドルフィンリーフのあるエイラットに住む。

ピナ　サフタの古い友人。いまはテルアビブのはずれにある老人ホームに暮らす。私にイディッシュ語の話をしてくれた。

ツィガレ　ゴラン高原でワイナリーを営む。よく働く三人の息子がいる。

Ⅰ章　イスラエルに揺れるペーラップ

どこか遠くへ行った先から帰ってくると、あれ、夢のような出来事だった、という感覚がいつまでも続きます。今があっという間に遠くの方で光っている、そんな土地が少しずつ増えていく。

現在日本にいながらイスラエルについて書こうとしていますが、この国の存在は身近で、それは母の生まれ故郷だから、とひとことで言ってしまっていいような気がしています。

まだ物心がついていない頃に過ごした一年間。それから、四歳から五歳までの一年間をイスラエルで過ごしました。

以来、そこで暮らしたことはありませんが、夏になると時々戻りました。

イスラエルと聞くと、ホロコーストを生きのび自らの国を希求したユダヤ人による一九四八年の建国、今も続くパレスチナ人・アラブ諸国との複雑な関わりや戦争、エルサレムがユダヤ教・キリスト教の聖地でありながらイスラム教の聖地でもあること……人によってさまざまな印象をもって思い浮かべたり、何も思い浮かべなかったりしそうです。

自分にとって、最初に思い浮かぶものは、砂や海や植物に親族の顔、幼い頃から知っている友人の姿になります。

それではそこで起きている争いは、どうなのか。現実に起きていることを分かったつもりになっているだけで、何か摑もうとする気持ちで分かろうとすると、全然分からないと思ってしまう。それが率直な気持ちです。

ジャン＝リュック・ゴダールによる『アワーミュージック』という映画のなかで、「個人の夢はふたりのもの、国家の夢はひとりのもの。そう言った女性は処刑された」という会話がありました。国家、と、ひと括りにして、言葉にしてしまうことの恐ろしさが、この一言で伝わってくることに驚きました。あらゆる制度のもとで日々を暮らしていることは確かですが、ひとりとひとりが幾重にも重なった状態がこの地球の表面だとしたら、そうして国家を、政治を含めたひと括りにしない方がいい、と思うことがあります。

そして、そのせいでしょうか、もっと身近なもの、面白い日も、面白くない日もそれが連なった生活そのものに触れていたい、そこにこそ大切なものがあるような気がしてしまう。それは、どうしても、もっと大きな力、入り組んでいて、出口が見えにくい組織の力、政治的な力、乗り越えることが難しいと思える歴史や時間そのものを、無視できないゆえかもしれません。

土の上に立った人間には、夢も、幻想も、前も後ろも、その土という温かみも、風も空も塩も水も全部ある。何かが在るという状態は、本来そういうものだと感じます。いま物質的に持っているものは、瞬く間に姿を変え、消えることもあり、どこか、何も持っていない、ということに勝手に繋がってしまうことがある。（一生大切にしたいものもありますが、物質と一生の約束を交わすことはできません。）

その物質的なもののあやうさと、ひと括りにしたときの国家が持つあやうさが、書いているうちに、感覚的にではあるけれど、なんだか似ているという気がしてくる。

イスラエルも日本も、そしてこの地球全体はいろんな意味であやうくはあるけれど、本来在るものが全部ないわけではない。むしろ、見ようと思えば思うほど、美しい部分が見えてくる。その根となるのは、自然というものがあった上での、人間と人間の関わりや在りかた。先ほどの、個人の夢はふたりのもの、という部分かもしれません。

大きな括りではなく、ひとりという単位で人間を見てみようとすると、そこにはあまりにも沢山のかたちがあります。

星が見たい、政治の実態を見たい、友人に会いたい、恋人よ行かないで、明日の天気を知りたい、本が読みたい、絵だけ描いて生きていきたい、ごはんがない、家も飛ばされてしまった、二酸化炭素を減らさないと、殉教を決意した。何を近くに感じたり遠くに感じるか、大切に思ったり、思わなかったり、何を決意するのかしないのか、それにはかなりの個人差があり、そこに至るまでの経緯が個々にありそうです。

ここで書くこともまた、使い切ったサランラップの筒の穴から覗いて見ているみたいに、小さくて個人的な視界を通したイスラエルということになりそうです。その穴は小さくても、じっと見ようとすれば、その穴から見える景色もさまざまに色を変えていくかもしれないという希望を込めて、書き綴っていけたらと思っています。

＊＊

イスラエルの夏。

乾燥している空気のなかを、太陽がじりじりと照りつけていてすごく暑い。乾燥したところへ行くと、不思議と元気が出てきてなんでもできてしまいそうな気分になります。ただの気分ですが、その血の巡るような気分がなんとも言えず好きです。

二〇〇六年七月、イスラエルはレバノンと戦争を始め、親しい家族が近くに暮らすハイファ*にも爆弾が落ちていると聞いていた。行くことを決めてからも、だんだんと情勢が悪くなっていった。

イスラエルに行く、というとよく心配されますが、どんなに頭で考えても何が起こるか分からない。そして、そこは母を通して出会った故郷でもあるので、心配をするよりも先に、出掛けて行きたい、自分の目で家族や友人を確かめたい、そう思うのかもしれません。

日本からは、直行便がないので、いつもどこかで乗り換えます。パリやローマ、コペンハーゲンなどヨーロッパが多いなか、インドというのもありました。何年も前に、ボンベイの空港で何をするわけでもなく、七時間待ったのをよく覚えています。ぼんやりとした日が差し込んでいる空港に座っていると、ひとりのおじさんが掃除をしている姿が見えた。小さかった妹と母と三人でベンチに座り、他にやることもないのでそのおじさんを見ていると、おじさんはモップの棒を胸のあたりに持って、両手で握りしめている。一歩進んでは立ち止まり、天井を眺めている。天井には窓があったので、光を見ていたのかもしれません。今思いだすと、祈りながら掃除をしていたような、そんな様子で、掃除は一向に進みません。

私たちは可笑しくなって、おじさんに気づかれないようにしながら、笑いがとまらなくなってしまった。

こんな風に、六、七時間という何をするにも不便な待ち時間があったり、時にはどこかで一泊してから、イスラエルに到着します。

いつも変わらないのは、母の妹タミが空港まで迎えに来てくれること。結婚をして、子供ができてからは、旦那さんと息子も一緒です。

空港は今までの面影がないほど、改装されていました。それでも、ベングリオン空港の駐車場から、*テルアビブの方へ車が走っていくと、じわじわとイスラエルへやってきたことを実感します。私と妹はたいていうしろの席に座り、真ん中にいとこが座る。幼稚園に通ういとこは、眉毛のあいだに皺を寄せて、馴れるまでの短い時間、照れ隠しをするかのように少し怒っているような変な態度をとる。ガル、彼の名前はヘブライ語で波という意味です。

　窓を開けて外を眺めていると、あたたかくてポサッとした砂っぽい風が吹いてくる。

道路のあちらこちらに、工事のやりかけらしい砂の山や、板が落ちていて、相変わらず、取り散らかっている。

道路の交差点で少しでも半端な行動をとると、短気なイスラエル人がクラクションを鳴らしながら窓を開けて、相手にしっかり聞こえるようにアホ、マヌケ、と叫ぶ。この態度を少し穏やかにすることは、この国の平和にも繋がるんじゃないかと思うくらい怒鳴る。怖いなあと見ている分にはいいけれど、運転中にあんな勢いで怒鳴られたら、曲がれるところも曲がれなくなりそうだと思っていると、運転するタミは、言われたら、言われただけ言い返している。

テルアビブのネヴェツェデクという町にある家に着くと、家にはツィビという茶色い犬がいる。

ドアのそばに立っているときは、お散歩へ出掛けたいとき。到着して、最初によくやることは、ツィビを連れて（に連れられて）近所へ散歩に行くことです。

ネヴェツェデクには古い建物が残っていて、新しく建てられたものも、一定の高さを超えてはいけないという決まりがあり、街の雰囲気を残そうと心がけているのが分かって、歩いていると楽しい。どんな風に変わったかを見ながら、ツィビの歩く方へそのままついて行き、ぐるりと周辺を歩いて、気がつけばまたツィビの導きで、家の前まで来ている。

新しい建物はとても綺麗に建てられていて、どんな人が住んでいるのか、想像しにくい。白や淡い色のペンキで塗られた壁で覆われ、奥の玄関先から大きく咲きみだれるブーゲンビリアが覗いていて、最上階のベランダには、大きな鉢植えや壺が置かれている。それに対して、ブティックやレストランができるずっと前から住んでいた人達の暮らしは、壊れかかった柵から話し声が聞こえてきたり、何をするわけでもなく外に座っているおばさんやおじさんがいたり、通りでシェシベシらしきゲームをしている人がいたり、何年も手を入れていないような庭が見える。内心、こういう所がなくならないといいな、と思う。

家から十分ほど歩くと海に出ます。テルアビブの砂浜にはカフェが沢山あります。海でよく見かけるプラスチックの白い椅子に座ると、椅子の足がずずずーっと砂に埋もれるので、体のわりにみんな座高が低い。カフェにはよく分からない音楽が響いて、海の音だけで充分なのになあ、と思う。少しうるさいけれど、浜辺で飲むお茶やコーヒーはなんだか美味しい。

小さい頃からそうでしたが、イスラエルにいるあいだは、ほとんどどこかへ出掛けている。テルアビブの家を拠点にして、そこから親しい友達に会いにいく。*エルサレム、*ゴラン高原、*エイラット、滞在期間にもよりますが、様々なところを巡ります。

滞在期間が短くても、イスラエルに来たら、必ず寄るのがマフラという小さな村です。

そこは、爆弾がよく落ちているというハイファからそんなに離れていないので、行くのをよして、とタミが言いました。

テルアビブから、車で約一時間半、建物が建ち並ぶ市内を抜けて走ると、視界を遮るものが少なくなっていきます。

黄色い砂漠が広がり、さんさんと照りつける太陽のなかをそのまま走っていくと、右手にアラブの町が見えてきます。この町が見えると、マフラのすぐ近くまで来ていることが分かります。

さらに大通りから枝分かれする細い道を入っていくと、がくがくと車が揺れはじめ、辺りは一面オリーブやザクロの木、それに大きなサボテンでいっぱいです。五分ほどで、二、三軒の家が見えてきて、そこが、行き止まりでもあります。

そのうちの一軒には、母の古い友人で親戚のようでもある一家が住んでいます。五人家族で、お母さんのプレマはドイツ人で、大学でドイツ語を教え、お父さんのニツァンはイスラエル人で、太極拳を教えています。

息子が三人いて、上の子はちょうど私と年が同じくらい（八三年前後の生まれ）、下の子は妹と同じくらいの年（九〇年前後の生まれ）、真ん中の子はそのあいだの年です。

到着すると、庭に出ていた、プレマとニツァンと三男のイタマールがけらけらと笑って、歌いながら迎えてくれました。

家の周りは丘と生い茂る木々に囲まれているので、その辺り一帯が庭のようでもありますが、家のすぐ横には芝があって、花が咲いていて、庭らしい庭になっています。

家に入り、イタマールが拾ってきたライチを食べていると、イスラエルの南の方のキブツで山羊飼いをしている長男のヨナタンが帰ってきました。

彼はいつもと変わらないやわらかい笑顔で、背が高くて、細くて、イスラエルの暑さで今にも溶けてしまいそうに見えるけれど、意外と辛抱強い。スローという言葉が日本ではよく使われましたが、スローといったらまさに彼のことです。

二年ほど前に、ひとりで日本にやってきたときに覚えた最初の言葉も、カメでした。動きや、話し方がいくらかスローモーションのようで、そばにいると心地がいい。

年が近いので、幼い頃から一緒に遊んだのもこのゆっくりとしたヨナタンです。そのため、写真

ちいさいころのイタマール

も沢山残っています。四歳の頃、大人が吸っている煙草に憧れて、煙草を持たせてもらい、懸命に吸おうとしているときの写真や、今にも崩れてばらばらになってしまいそうなミモザの花冠をかぶって、シリアルを夢中で食べている写真がとりわけ好きでした。

二十年近く前に、マフラ一家が住んでいた、ギブアタイムの家でのことです。お父さんやお母さんが昼食を作っていて、少しずつ庭にお皿やナイフやフォークが並べられていく、その横で遊んでいました。庭へ出る廊下にあるタンスの上に、コールスローでいっぱいの大きなボウルが置かれたのが見えました。私とヨナタンは椅子を持っていき、そのボウルを床におろし、手摑みでボール一杯のコールスローをみるみるうちに全部食べてしまいました。ふたりともコールスローが大好物だったのです。
食べ終えた頃、プレマがそれに気がつき、ぎゃーと大きな声で叫んだ。うちの母とプレマは叫び声や焦りかたがとてもよく似ています。絵に描いたみたいに驚きます。ヨナタンとの最初の思い出は、コールスローを食べきったことと、煙草を吸った（真似をした）ことです。

ライチを食べながら、庭先で猫と遊んだり、ハンモックに揺られたり、プレマとイタマールが空気を入れて膨らますプールに浸かっているうちに、海へ行くことになりました。二台の車に分かれて、家から十五分ほどの海へ向かう。

ここの海はテルアビブの海とは違って、海と砂の他にはテントしかありません。本当に綺麗な海です。

さらさらの白い砂の上を、裸足で歩いていると砂が熱くて気持ちがいい。かと思うと熱くて痛い。少し歩いた所に、住みはじめた人達もいるということでした。彼らのテント（テントといっても、六本か八本の棒の上に大きな布を被せ、石の重りで飛ばないようにしているだけの日除け）に荷物を置かせてもらい、岩がごつごつした、踝《かかと》ほどの浅瀬で、みんなそろって貝殻を拾いました。するといつも海にいる、次男のラファエロがやってきました。

麦わら帽子いっぱいに貝を拾い、みんなで車へ戻ります。ヨナタンは、貝で一杯の麦わら帽を、

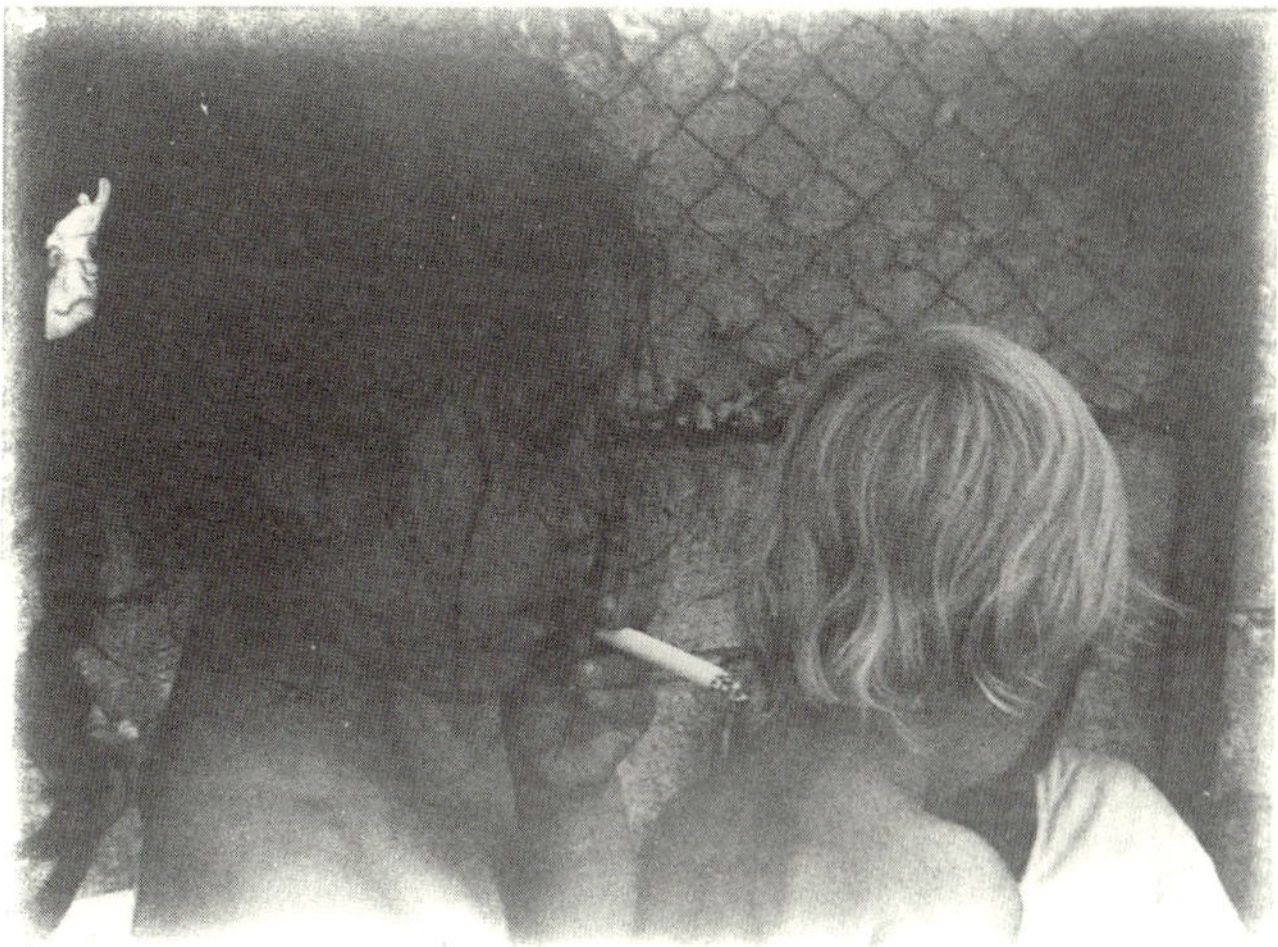

ヨナタンとの最初の思い出

貝でいっぱいの麦わら帽をかぶったヨナタン

頭にすっぽり冠ってゆっくり歩いています。どうして貝がぽろぽろと落ちてこなかったのか、いまだに不思議です。

家へ戻る途中、車のなかから、砂浜にヘリコプターが二、三台停まっているのが見えました。戦地が近いので、待機しているようです。

家は不思議な造りになっていて、一階と、中二階があり、一度外に出て小さな中庭を通ると子供部屋があり、中庭にある階段で二階に上がると、ベランダと大きなアトリエがあります。アトリエでは、ニツァンが太極拳の練習をしたり、プレマの大きな大きな機織り機があります。マフラーやスカーフ、最近ではウールのブランケットやリネンのタオルも編んでいます。さまざまな美しい配色で作るので、それを見るのも楽しみのひとつです。虹のような配色もあれば、グレーや茶色、ベージュなどシックな配色で統一されたもの、なんでこんなに美しく出来上がったのだろう、と思うような不思議な色の組み合わせもあります。そして、そんな色の変化はまるで季節の移り変わりそのもののよう。

人が季節と一緒に移り変わり、目にも見えない、ときどき感じることも忘れるくらい微々たる変化が日々起こっている。でも何も変わらない、内側の何か太い部分がある、マフラはそう感じる土地です。

二階のベランダから、作業場の屋根へ続く長い梯子があり、日が暮れる前にそこへ登って寝転んでいたら、雲が流れ、どこかへ向かっている。丘の輪郭が薄くなって、そのうち見えなくなり、木々も根元から枝先へと影を濃くしていく。みんなどこかへ帰っていくようです。

いつもと違うのは、雲の流れと同じ方向に、ヘリコプターが大きな音をたてて飛んでいったということ。日が暮れたら、何台も飛んでいった。戦時下なんだ、ということを実感して、このとき初めてゾッとした気持ちが体を巡る。

晩ご飯の時間だと、呼び声がする。ピタパンもしくは玄米に、野菜のサラダ、フムス（ひよこ豆のディップ）、タヒニ（練り白ごまで作るディップ）、オリーブ、煮込みもの。庭に面した窓に、青い羽のトンボのステンドガラスが掛けてあるダイニングルームで、テーブルを囲ってごはんを食べる。ここで食べるご飯はいつもいつも美味しい。

ちょうどこの年に、電気や水を二十四時間使えるようになったものの、それまでの何十年という暮らしでは、十時までにお風呂や食器洗いなどをすませ、蠟燭の火を灯し、ぷつん。電気が切れるのを、準備して待っていました。

暗くなって、食事も終えた頃に、上のベランダへ行ってみんなで座っていると、丘の向こうから、月が卵のようにぽんと現れました。蛍が飛び回って、暗闇のなかを響き渡る動物の鳴き声も聞こえてきます。今のは何なのかと聞いてみると、決まってハイエナだ、と答えてくれますが、それを信じることができません。ライオンキングに出てくるあのハイエナかと思うと、恐ろしくて信じる気になりません。

いのししもいるんだと言っていました。いのしし、と聞くと、自分が突進した末に、穴に落ちていく姿を想像します。いくら取っ払おうと思ってもできないので、だいぶ前に諦めました。亥年のため、小さい頃から父にそうして穴に落っこちるんだと笑いながらからかわれたのが原因だと思う。父は巳年なので、どうも笑い話にしづらく、なんども悔しい思いをした。

ベランダには、蚊帳のかかったベットが置いてあるので、その晩妹とふたりで外で眠ることにしました。

蚊帳の下で寝るのにはいつも憧れがあって、それを叶えているような気分になりますが、少し動いただけで網がずれたり、隙間をぬって蚊が入ってきたりして、だんだん煩わしくなり、仕舞いには朝日が熱くなり、半分眠ったまま部屋に降りてベッドで眠る。毎回、外で眠るのは、最初の晩だけです。

次の日、ヨナタンが、近くの村へ連れていってくれる。

暑さと熱に負けない根強い植物が群れのように生えている。そんな植物のあいだを走っていくと、行き止まりになっていて、車から降りて歩きはじめる。この鬱蒼とした植物の奥に友達が住んでいるのだと言います。

歩いてすぐの所に、ティピに似た、天辺に窓のついた大きなテントがあり、外には椅子やテーブルが置かれ、カーペットが干してあって、人が暮らしている気配がしました。ちょうど留守にしていて、おじゃますることはできませんでした。

茂みの奥へ歩いていくと、ガイドブックでいう、まさに手付かずの自然がそこにはありました。乾燥して、生きているのか死んでいるのかも分からないような美しい植物で一杯です。乾燥した大地の最も好きなところは、それでも植物が生えている、というところです。

身長よりもずっと高く積まれた藁を登ったり、黒い猫についていったりする。その猫はおでこの辺りを怪我していた。

ここで、持って来ていたフィルムを全部使ってしまったので、フィルムを買える近くの店へ連れていってもらう。

キヨスクにしては大きく、スーパーにしては小さい店でフィルムを買い、外の自動販売機の前で待っていた母と妹とヨナタンのそばへ寄ると、またサイレンが聞こえてきた。

前に聞いたものよりも、音がずっと大きく聞こえたように思った。

プレマは、子供たちの洋服や靴下、なんでも織ってしまいます。そのため、人の着ている服にも興味津々のようで、私が着ていた何年も使っている黒い羽織ものを気に入り、その形をじろじろと見ていました。アラブ街へ買い物に行くというので、プレマにそれを貸し、私はプレマの洋服を借りて、肌を隠しふたりで出掛けました。

近くの町へブロッコリーとアスパラガスを買いにいってから、アラブ街の八百屋さんでその他の野菜を買い込み、いい匂いがたちこめるベイカリーではピタパンを買いました。小さな店のなかに、焼きたての重たそうなパンがぎっしり並んでいて、どれも美味しそう。

ここのアラブ街は、テルアビブからの道の途中に見える町です。車を停めた場所の近くに喫茶店があり、そこでは男の人達が外に座ってゲームをして遊んでいます。女の人達はいつもお店に出て仕事をしています。

車に乗ろうとしたとき、サイレンが響き渡りました。だれも気にする様子はなく、プレマもまただ、というような不安の入り混じった顔つきをしただけでした。

日本人の女の人が営む豆腐工場があるというキブツに寄ります。プレマが私を紹介すると、「よくこんな時に来たね」と言われました。さっきのサイレンで、工場ではみんなシェルターへ避難したという話を聞き、お豆腐を受け取って、戻りました。

先ほどの食材で作った昼食を食べながらのんびりしていると、あっという間にテルアビブに帰る時間になる。車に荷物を運んでいるとき、再びサイレンが聞こえて、その直後に三発、ドーン　ドーン　ドーン　という音が聞こえてきた。

はっとして、近くにいた家族の顔を見る。

何度も来ている国だけれど、爆弾の音を聞いたのは初めてです。

この国には、想像し得ない憎しみがあるのでしょうか、また、想像しえない憎しみに囲まれている国なのでしょうか。どんなものが疼いているとしても、それ以上に、この国は美しいと思います。

戦いを生むどんな思いよりも、美しさの方が大きいことに気がついて、その美しいものに乗ってどこまでもいったらいいのに、と思うことさえあります。

太極拳を教えに都心へ出掛けるニツァンの車に乗せてもらって、一緒に帰りました。この日はヤルコン川沿いにある公園、*パーク・ハ・ヤルコンの芝の上で教えることになっていたので、私と母も参加させてもらいました。

芝の上で、裸足になって太極拳の授業を受けていると、手のなかに小さなボールが浮かんでいるようでした。ニツァンの動きは、この世界のしくみやあるべき流れをとても分かりやすく映し出しているようでもあります。

始めた頃は明るくて、だんだん薄暗くなって、終わる頃には、お互いの顔も見えないほど暗くなっていました。

＊ハイファ　イスラエル北部にある、地中海に面した、テルアビブ、エルサレムに次ぐ第三の都市。ハイファ港は海の玄関口。

＊テルアビブ　二十世紀に生まれた、新しい大都市。政治、経済、文化の中心地。イスラエルはエルサレムを首都と主張するが国際的に認められておらず、国連はテルアビブを代わりの首都としている。

＊エルサレム　ユダヤ教・イスラム教・キリスト教の聖地。旧市街には、嘆きの壁、岩のドーム、アル＝アクサー・モスク、聖墳墓教会などたくさんの史跡がひしめきあう。

＊ゴラン高原　イスラエル、レバノン、ヨルダンおよびシリアの国境が接する高原。

＊エイラット　ヨルダン、エジプトと国境を接するイスラエル最南端にある紅海のリゾートタウン。

＊パーク・ハ・ヤルコン　テルアビブの北にハ・ヤルコン川を挟んで広がる公園。

II章　サフタのタイプライター

ヘブライ語で、おばあちゃんをサフタと呼びます。

西の光が差し込む方角の先っぽに、いつまでも揺れている日々があります。

サフタは手術を受けたばかりでした。少しでもそばにいたいという気持ちから、母は四歳の私を連れてイスラエルへ飛びました。

ギブアタイムという町の、長い坂の途中のアパートメントの二階に暮らすことになりました。そこは、母がイスラエルで過ごした二十年間の大半を、サフタと、母の妹と、三人で暮らした部屋でもあります。

部屋には、四面ある壁のうち二面が窓になっているリビングルームがひとつと、大きなマットレスがぽーんと置かれたベッドルームがひとつ。それに細長いキッチン、バスルームはお風呂とトイレが一緒になっています。

台所の印象が強く、それは、台所の出入り口を半分くらい塞いでいた、赤い色のテーブルが好き

私とサフタ　ギブアタイムのアパートメント　表玄関にて

だったからかもしれません。スツールはアラブのもので、おしりは荒い縄の質感がしました。

母はサフタの看病に忙しかったので、私は家の目の前にある幼稚園に通いました。道を挟んで斜め向かい側にあり、朝になるとそのスツールに座って朝食を食べてから出かけました。時々、母や、母の妹がその椅子に座っている姿を見ていると、テーブルと椅子が非常に小さく見えたので、自分にはちょうどいい大きさでしたが、小さいものとして捉えていました。

斜め向かいの幼稚園では、ドイツの血が混ざった金色の髪をした女の子と仲良くなりました。とても細くて、手足が白く、太陽に当たると真っ白になって消えてしまいそうでした。黄色を含むボーダーのキャミソールをよく着ていて、肩で紐を結んでいました。その子を思うとき、顔のすぐそばにあった肩ひものリボンと笑顔が一緒にあらわれます。追うようにして、黄色い短パンに、ビルケンシュトックのような白いサンダルを履いている姿も浮かびます。幼稚園ではジャングルジムと砂場でよく遊びました。幼稚園が終わると今度はとなりの公園へ遊びに出掛けます。一歩踏み込むと、公園全体が砂場のようです。それともイスラエル全体が砂場なのかもしれません。そこには滑り台やシーソー、それにブランコなどがあります。まるで、私たちの裏庭のようでした。

家には人がよく出入りしました。

道端やバスの中で出会った知らない人を、サフタがときどき連れて帰ってきた、という話を聞くのが好きだった。

思えば、母も同じで、住んでいるのが日本という土地の違いがあるだけで、受け継がれています。気がつくと、自分の部屋はお客さんの部屋になっていました。多くの人は、舞踏や武術に興味を持ち（そうではない人もまれにいましたが）、まただ、と思うくらい大野一雄先生を尊敬していました。目が青い女の子や、ドアを潜るときは首を前のめりにするほど背の高い人や、この人は、泊めないほうがいいんじゃないか、と思われる人や、フランスのサーカス団に居たという男。彼は、フランスの東の方では今もジプシーがサーカスをやっているということを教えてくれました。それ以来、私は、フェリーニの『道』に出てくるようなサーカスをいつか見ることを、楽しみにしています。ダンサーと名乗る人がよく家を出入りしていたこの頃に、大野一雄さんのアトリエでご本人の踊る姿を見る機会があり、それは、他に見たどんな舞踏とも似つかない美しいものでした。濃い色彩の花冠を冠っている。身体を起こすのもやっとで、立ち上がると白いドレスを身に纏ったその身体は、指先が、足もとが、目線が、ほんの少し揺れて動くだけだった。それなのに、これまでにないくらい深くからだのなかに沁みていく何かがあった。十年ちかく経った今でも、大野一雄さんの文章を読むとふたたびそのときの気配を思いだします。

「私は命という言葉のかわりに魂という言葉をつかうけど、肉体と魂が離れがたくひとつになっている。魂が歩んでいこうとすると、足は黙ってついてくる。宇宙論に続いての魂の学習。肉体というのは魂が羽織っている宇宙だ。」

この最後の一文を読んでいると、人間が綿毛みたいに軽く自由であることを感じ、同時に、紺青の果てしないものが目の前にひらいていくのを感じます。

サフタは病院を行き来しながらも、家にいることが多く、居間にあるベッドに寝ていました。手術後の、その大きな傷口をよく手当てしました。お腹に穴がふたつ開いていて、ガーゼの張り替えをします。時間が経つにつれて、起き上がるのもやっとになりました。喉が渇くとほんの少し身体を起こし、水を口に含ませました。今でも、風邪をひいて水を飲むのに起き上がることさえつらいとき、身体を起こし、気管のほうへ水が入らないようにしていると、あのときのサフタを思い起こします。

目や口もとが優しくて、やわらかな、生い茂るような髪の毛が顔を囲っていました。自分は、なんでふわっとしたカールや色のついた髪の毛じゃないのだろう、と不思議に思いました。そして、生まれ持った真っ黒な髪の毛と、真っ黒な目をつまらないなと思うのでした。この気持ちを母に話すと、決まってとなりの芝は青く見えるのよ、と何かをしている手をとめないまま、ないものじゃなくて、今あるすべてに感謝する、という話をされ、そういうことじゃないのにと思いながらも、どこか遠くのほうにいる自分は納得しているような、変な気持ちになりました。

そんな日々を繰り返しているうちに、日本語が頭からすっぽり消えてしまい、ヘブライ語を話すようになっていました。はじめに覚えた言葉が〝ハスィダ〟に〝ペーラッフ〟でした。ハスィダはこうのとり。ペーラッフは花、という意味です。

言葉を話せるようになって、母国語を忘れ、友達ができて、プールへの行き方も分かって、坂の下の体操教室にも通うようになりました。体操教室では、同じ年齢の子供が集まって、レオタードやスパッツを履いてブリッジの練習をしたり、壁に向かって逆立ちをしたり、開脚をしては前に身体を倒したり、横へ伸びたりします。教室が終わると、同じアパートの三階に住む、年が一つか二つ下の女の子を呼んで、一緒にブリッジをして遊びました。その女の子も、髪の毛がくるくると巻きあがっています。

居間にはタイプライターがありました。

早くに離婚をしていたサフタは、ひとりで娘ふたりを育てるために、いくつかの仕事をかけ持ちました。ひとつには速記がありました。だれかの秘書について、会話を速記し、それを持ちかえり、タイプライターで清書する。素早く記述できるように作られた特別な文字は、紙の上を、小鳥が歩いたあとみたいだったそうです。ヘブライ語を英語に訳す仕事もしていました。こんなにも魅力的な機械があるのかと思い、何か憧れの気持ちをもって眺めていました。母が幼い頃は、このタイプライターの音が鳴り響くなかで眠りについていたといいます。

ある晩、サフタはタイプライターを叩きはじめました。私が見たいと言ったのか、打ちたい手紙があったのか思いだすことができません。暗い部屋のなかで、ランプに照らされたタイプライターから流れでるようにして文字の音が響いている。夜の魔術を見ているようでした。サフタの指先が、目で追うことのできない速さで動くのを、大きなひかりの点を見ている気持ちになって、眺めていました。

思えば、サフタが耐えられる家庭の音は、タイプライターくらいだったのかもしれません。とにかく洗濯機や掃除機といった大きな音の出るものをきらい、洗濯物は手洗いで、台所にもミキサーなど音の出る機械はなかった。かなり後になってから、母曰く、〝ブレンダーみたいなプリミティブな洗濯機〟を買ってきたそうです。

私たちがイスラエルに住みはじめて半年が経った頃に、サフタは亡くなりました。いつもみたいに目覚め、居間に行くとベッドにサフタの姿はありませんでした。母はぼんやりした朝のあかりが差す窓を向いていた。そしてこっちに気がつくと、ぎゅうっと抱きしめられた。サフタはもうここにはいないということをおしえてもらった。私は死という言葉だけ知っているものの、それがどういうことなのか、まだどこかにいるような、でもやっぱりいないのかもしれない、という分からない気持ちでいっぱいだった。周りの人が涙を流しているのを、ただ見ていた。

＊＊

サバ（ヘブライ語でおじいちゃん）から預かっていた映像があった。それは九・五ミリのフィルムで、映写機を探しても日本では見つけることができなかった。母が、日本の美術学校で映像を教えている友人に聞いてみると、九・五ミリがどんなものかとても興味を持ってくれて、更にはパリへ行った際、九・五ミリフィルムを映す映写機を発見しただけでなく、持って帰ってきてくれた。長いあいだ見ることのできなかったサバが撮った映像を、みんなで見ることができた。

それは、八ミリに近い映像で、でも先生が言うには、八ミリほどフィルムの揺れはなく、とても安定しているという。一部を除いて全てモノクロ。というよりは、セピアというのかもしれません。

サバの視線の先には、サフタを中心に何人かの人物が登場しました。どうやら砂漠でキャンプをするようです。テントが張られ、集めた板や木々で火をおこし、お湯を沸かし、マグカップで乾杯をしている。薄着の具合からみると、おそらく夏で、ひげを剃っている人が一瞬映った。トウモロコシを細い糸で縛り、一、二、三本並べて焼いている。化粧をする女。かと思うと不意にらくだが登場した。すると、箱形のカメラを持った男が歩いてきて、地面を撮っている。そこに何かあるのかと思って見ても、なんにも見えない。映像が粗くて対象物が見えないのか、ただ砂を撮っていたのか。すると、サバの手書きの文字が映った。Henry's horrible film. You asked for it! と、書かれている。母がその頃の映像が見たいと催促したから、きっと言葉を添えてくれたのだと思う。すると急に時と場所が変わって、催促した娘がいつか幼い子供だった頃の映像が流れる。ぶらんこに揺ら

ギブアタイムの家にて　一番右がサフタ、亡くなる数カ月前

イスラエル北部を小旅行中らしいサフタ

たぶんイスラエルではないどこか
右がサフタ、左が母

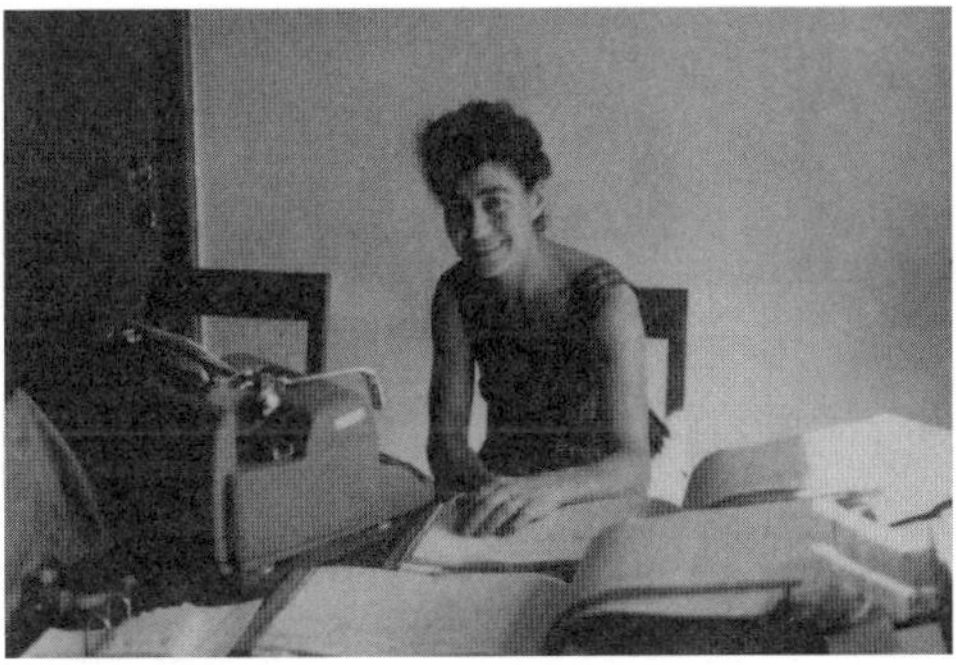

サフタとタイプライター

れている。ぶらんこを押している背景にはエルサレムの町。そうだった、母はエルサレムで生まれたのだった。その赤ちゃんが歩けるようになって、からだに似合う小さな籠を持って左右に揺れながら歩いている。

どこかのプール。女の子が、高いところを蟹歩きで渡っている。その先に、おむつをしているみたいにおしりがたるんだ水着を着た男の子。冬。次女が生まれる。私の叔母が誕生した。叔母がかつて赤ちゃんだったことをどう信じよう。

一瞬カラー映像になり、ベランダで遊ぶ大勢の子供が映った。誕生日会のようなそんな雰囲気。自転車の後ろに乗っている、小さな母。ぎゅうっと自転車を摑み、肩を小さくして、時々カメラを見ている。こまごま撮られていて、右へ、左へ、自転車の進行方向が画面ごとに変わる。これは西へ東へ行き来しているのか。北へ南へ行き来しているのか。そんなどうでもいいことが気になった。そして室内になった。沢山の人が集まっている。床にドミノを並べる大人と子供。外。サフタは、膝下までのワンピースを着て、かつかつと響くかかとの高い靴を履き、髪を後ろに束ね、煙草をふかしながら、赤ちゃんを抱いている。この時代、イスラエルは建国されたばかりで今よりずっと未完成だった。カーキのズボンや丈夫なサンダル、Tシャツやシャツ。みんなそのような格好を

ネゲヴ砂漠　兎や鳥などを狩りに出かけている
捕まえた動物は食べたらしい　右がサフタ

していたそうだ。かつかつと音を響かせて歩いていた女性はもしかすると、数えるほどしかいなかったのかもしれない。「どれだけ人と違って見えても、誰かは美しくしていないといけない」とサバがサフタのことを言っていた、という話をよく覚えている。

お金はないけれど、もっとない人がいると、サフタはこっそり先生にその子の遠足代をだした。こんな幼い頃の話を、母がときどきしてくれるのが大好きだった。新しい品種のフルーツは、必ず母と母の妹に食べさせた。パンには、パンが隠れるほどのバターを塗って食べ、卵を攪拌させ、砂糖を加えたものをおやつに出した。音の出る機械は使えなくても、ペイストリーを作るのが得意で、お客さんが来るとペイストリーの料理をふるまった。小さな家に見合わない人数が泊まりにくると、ときどきベランダで眠った。

私がいた頃、居間に付いていたというベランダはもうなかった。母の妹が、部屋を大きくするためにベランダも部屋にしたそうだ。かつてベランダだったところが窓になり、サフタが死んだ朝、母が立っていたのはきっとあのベランダがあったところだった。

　サフタは、もともとイギリスで四人兄弟の次女として生まれ育ちました。第二次世界大戦の前に父親を亡くし、戦争が勃発するとある日母親の行方が分からなくなり、兄弟四人が残されて、ロンドンの孤児院で生活をすることになりました。

　長女ステラは、派遣会社を立ち上げると、両親のいない家族を支え、戦後、サフタは世界が見たくなって、旅に出かけました。お金がつきて一度は戻ったものの、今度はジュネーヴへ渡って、国連のもとで働きました。

　そのとき、国連で、*アバ・エバンの、ユダヤ人にはなぜ国が必要なのかというスピーチを聞いて、建国されたばかりのイスラエルに住む決意をします。

左がサバ　右がサフタ

結婚式

ユダヤ人のパレスチナへの復帰の理念を表す言葉で、シオニズムという言葉がありますが、十九世紀の終わりに誕生したその思想は、一九四八年に現実となりました。

故郷を持ちたいと願うユダヤ人が選んだのは、約束の地と呼ばれるイスラエル。そして、伝統的なシオン（エルサレムをシオンと呼ぶ）の絆を重視し、ロシアからユダヤ人グループが出国したのがはじまりでした。

今年で*建国から六十年が経ちますが、パレスチナの人々と共生することには成功していません。世界地図ではイスラエルは存在しますが、パレスチナの民、つまりアラブ人の教科書には、*グリーンラインと呼ばれるイスラエル国を示す線は存在しないと聞いたことがあります。

サフタがイスラエルに渡ったのは、二十四歳のときでした。建国から一年が経った一九四九年に、イギリスからマルセイユへ、そしてそこから船でイスラエルへ渡ります。

そのボートはエクソダス号と呼ばれ、はじめて出航したのは一九四七年の夏でした。乗船していたユダヤ人は、モサド（イスラエルの諜報機関）とハガナ（イスラエル国防軍の前身）によって、

ジュネーヴにて　サフタが国連で働いていたとき

英国の強制収容所から救い出された人々でした。ユダヤ人のパレスチナへの航海は非合法とされており、英国はあらゆる手段を尽くして非合法移民を妨げようとしたそうです。英国政府はパナマ政府に圧力をかけてエクソダス号に運行許可を与えないようにしました。しかし船は、はじめホンジュラスの国旗を揚げてホンジュラスを通り抜け、イスラエル沿岸に近づくと、青と白のイスラエル国旗を翻しました。しかし、あと少しというところで、英国に、引き戻されてしまいます。三つの船にわかれ、十日をかけてまた来た海を戻ることになったそうです。

第二次世界大戦でのナチス政権によって、ユダヤ民族の人口は全世界の三分の一、ヨーロッパ全土の九五〇万人が二八〇万人にまで減ったといわれています。もう既に失うものはなく、安住の地と思うその土地に辿り着くためなら、どんなことでもしたのかもしれません。

そんななか、ユダヤの非合法移民はみるみるうちに増えていきました。この問題があまりにも大きかったために、国連に特別委員会をもうけ、三十回以上の会議を重ねた結果、パレスチナを分割して、アラブとユダヤのふたつの独立国家をつくり、エルサレムは国連の管理下に置く提案がされました。そして、この案は多数票を獲得し、ついにパレスチナの地にイスラエル国家が誕生することになりました。

そして建国されたと同時に、約八十万人のパレスチナ人が祖国を追われることとなりました。

サフタが辿り着いたイスラエルは、本当にできたばかりの国でした。

途中、マルセイユでは英語が話せることから、船乗り場で半年間働くことになりました。初めてエクソダス号を運行した船長イツハク・アハロノビッチと共に、六ヶ月働いた後に、イスラエルへ向かいます。

平和というのは、いったいどういうことなのでしょう。だれの立場に立ってみても、どこかでは何かが失われていく現状を考えると、平和という言葉の意味さえどんなことなのか、見えにくくなるときがあります。その〝平和〟を願うということは、どう生きるのか、という人生の方角そのものを表しているのかもしれません。

ある日、近所のスーパーでオリーブオイルを選んでいると、何千年もの歴史をもつパレスチナのオリーブオイルが棚に置かれていました。その瓶を見るのは初めてで、なんだか美味しそう、と思い、ボトルのラベルを見てみたら、原産地パレスチナ、ヨルダン川西岸ナブルス近郊と書かれていました。私は、その場で目からおでこのあたりが熱くなって、瓶を棚に戻してしまいました。ついこのあいだ見た、『パラダイス・ナウ』*という映画を思いだし、まさにその映画の舞台となった土地でつくられたオリーブオイルだと思うと、なんだか血の気配を感じたのです。なんの血だったのか、分かりません。全部の血だったのかもしれません。映画のなかにいた殉教者の血や、西岸に立つイスラエル軍の血、自分の血、それに、そんな状況下で暮らす人達に、どうして美味しいオリーブオイルを届けたいと思うことができるのか。たとえ瓶のなかに血が入っていたとしても、おかしくないような状況があるかもしれない。オリーブオイルを棚に戻しながら、そんなことが頭のなか

ギブアタイムのリビングルームにて

をよぎっていること自体に恐ろしさを感じて、その日に何を買って帰ったのかも思いだせないほど、しめつけられるようでした。それからずっとあのオリーブオイルのことばかりを考えていました。

一日か、二日経ってから、またそのスーパーを訪れると、考える間もなく、オリーブオイルの棚の前まで来ていました。そして、その瓶を手にとり、レジに持っていきました。すぐ近くでピタパンも買い、家に帰り、オリーブオイルの蓋をあけて、お皿にくるりと一周垂らして、ピタパンをちぎり、オリーブオイルにつけて食べてみると、私はこんなに美味しいオリーブオイルを初めて食べた、と思うくらいに美味しくいただきました。

美味しかった、それだけの話でもありますが、誰もいない部屋のなかで、誰かと手をつよく握り合ったみたいに嬉しい気持ちになっていました。

私は、サフタと過ごす時間が長かったのか、短かったのかよく分かりません。

そして、どんなことを思って日々を暮らしていたのか、何を感じていたのか。会話も覚えていないし、中耳炎で鼻がきかなかったから、匂いもありません。ただ日々が映像みたいにして流れるだけです。

時間の長さをはかることができるでしょうか。数字は起床時間や、待ち合わせをするにはとっても便利なものですが、本当は数字ではない時間のなかで生きているとしか思えなくなってきます。

*アバ・エバン（一九一五―二〇〇二）イスラエルの政治家。南アフリカ・ケープタウンに生まれ、幼年でイギリスに移住。一九四九年から一九五九年までイスラエル国連代表をつとめたのち、駐米イスラエル大使。一九六六年から一九七四年まで外務大臣。

*グリーンライン　一九四八年から一九四九年の第一次中東戦争の停戦ライン、さらに一九六七年の第三次中東戦争によって変更が加えられた停戦ラインに沿い、イスラエル側が領土としているのがグリーンライン。国連決議やオスロ合意ではイスラエルがこのラインより領土を拡張することを禁じられたが、イスラエルがヨルダン川西岸地区に建設中の分離壁のルートは、入植地を囲むためにこのグリーンラインを越境し、分離壁そのものがパレスチナ人が生活する土地を分断し大きな問題となっている。

*建国六十年　本章の初出は二〇〇八年七月、そのまま、建国の一九四八年から〝六十年後〟としました。

*『パラダイス・ナウ』二〇〇七年。パレスチナ人監督ハニ・アブ・アサドがイスラエル人プロデューサーと手を組み、ヨーロッパ各国と共同製作した作品。パレスチナの幼馴じみ二人の若者が自爆攻撃に向かう四八時間の葛藤と友情を描いた物語。

III章　チキンスープの湯気

――アイザック・B・シンガーに出会う

「チキンスープをビートのボルシチには変えられても、ボルシチをチキンスープに変えることはできないよ」とイェントルおばさんが言っていたね。

父である、アイザック・バシェヴィス・シンガー*と過ごした日々について、息子が書いた本の一節。「ストーリーを劇化するのは可能であっても、逆はありえない」と言って、アイザック・B・シンガーはチキンスープの例をだしたそうだ。

チキンスープはなんて聞き慣れた言葉だろう。風邪をひくと、私の母はチキンスープを作りました。これを飲んだら、すぐ良くなると言いながら。

湯気に引き寄せられて、まだ出来上がっていないスープを覗きこむと、大きなチキンが溺れていましたが、出来上がったスープには、その姿はありませんでした。匂いだけが漂い、具には人参、じゃがいも、タマネギ、セロリがごろごろ入っていて、ほとんどお野菜のスープでした。

ペサハ*（過越しの祭り）では、チキンスープに、マッツァボールが浮いていました。チキンと野菜のうま味をじゅうっと吸いこんだ団子を、一年に一度だけ、ペサハの夜に食べました。他にも、その日の食卓には四角いマッツァ（酵母なしの平たいパン）や、ゆで卵、塩水の入ったボウル、フルーツとナッツの甘いペーストなどがテーブルに並びます。どれも、出エジプト*を記念しています。塩水は、涙。ペーストは、奴隷のときに積み上げたレンガのあいだのセメント。エジプトから脱出したとき、パンを膨らませる時間がなかったことから、平たいパン。

チキンスープは、特別な日のスープであり、日常のスープでもありました。そして、風邪をひいたときなどに飲んだそのスープは、メニューというよりも、土地の名前のようでした。その味は、あまりに馴染みがあるように感じられました。

アイザック・B・シンガーの書くものは、チキンスープのように馴染みあると感じます。どうしてだろうと思うけれど、きっと湯気だと思う。文章から漂うものが、馴染みある材料が煮立つ鍋から漂うものと似ているのかもしれない。

物語の舞台の多くは、シンガーが生まれ育ったポーランドです。後にニューヨークへ移り住み、そこで物語を書き続けました。それはイディッシュ語で綴られました。イディッシュ語は、東ヨーロッパのユダヤ人が十世紀頃にドイツ語方言を発展させて作った言語で、ロシア、ドイツを含む東ヨーロッパで使われていました。表記にはヘブライ語を使い、また、ヘブライ語と同じく右から左に向かって綴られます。

例えば英語の「プアー」という意味の単語がいくつありますか。きっと六個くらいのものでしょう。ところがイディッシュ語では、〈貧困者、乞食、赤貧、極貧、シュレッパー、無能者、キャベツ頭、シャツ無し、生活保護者、悲惨な奴、辛苦の人〉等があります。また〈唾を飲み込む人〉〈コインの形を忘れた人〉〈飢えで日に三度死ぬ人〉〈あの世に行った罪人、もしくはこの世の聖人〉〈鼻先に魂を運ぶ人〉とも表現できますし、〈馬鹿のようにつまづく人〉〈水も、ひき割りもない人〉〈パン一かけらもないことから、一年中が過越し祭の人〉などとも言えます。ウインクして、〈あの人は、ロスチャイルドだ〉と言えば誰にもその人が〈飢えている〉ことが理解されます。気でも狂わなければ、こんな豊かな言葉を英語と交換しません。

シンガーがストックホルムのユダヤ人協会に招待された際、一言挨拶をと頼まれ、ステージに上がったときに話した一部。

あなたも私も飢えているという場所から、生えて伸びた言葉のよう。飢えているということが、珍しい状況では生まれない言葉の群れ。訪れたことのないある時代の、ある場所の空気が色濃く焼き付けられた写真みたいに、時代そのものが言葉のなかに残っているような感じがする。

また、ノーベル賞受賞スピーチでは、

スウェーデン・アカデミーより非常に名誉ある賞をいただきました――それはイディッシュ

語の承認でもあります。イディッシュ語は、国も国境もない流浪の民の言語です。いかなる政府にも支持されていない言葉なのです。（略）偉大な宗教で説かれていることを、イディッシュ語を話すゲットーのユダヤ人は日々実践したのです。文字通り彼らは聖書の民でした。人の研究、人間関係の研究を愛したのです。それがトーラー、タルムード、ムサール、カバラなのです。ゲットーというのは迫害された少数民族の避難所であるだけでなく、平和、自己規律、ヒューマニズムの実験の場であったのです。

シンガーは父がラビであった家庭で育ち、幼い頃から友達に作ったばかりの物語を話して聞かせ、十五歳で作家になろうと決める。

読んでいると、物語のなかで存在している場所にひっぱられ、訪れたこともない通りや、アホばかりが住んでいる架空の町ヘルムや、ユダヤ人街の安息日の静けさを訪れていることに気がつきます。通りの臭い匂いが漂いはじめ、歩いたことのない商店を歩きはじめている。

イディッシュ語の豊かさを、本当には理解することができなくても、登場する人物の会話の節々にその言葉の湯気がのぼっている。本を読むということが、多くの場合こういうことだと分かっていても、これほど吸い込まれるのはもしかしたらチキンスープを飲んで育ったからなのかしら……

などと思いを巡らせてしまう。

ひとりで読んでいるのに、誰かから読み聞かせてもらっているようでもあり、年が経っても、人から何かを読み聞かせてもらいたい気持ちが失われないのだな、と思う。童話みたいでもある。それはイスラエルにいても感じる。人々はよく、たぶん無意識に、世間話を物語のように話す。

母の喩え話や冗談などの多くは、ユダヤの民話でした。学校では旧約聖書やタルムードを読む授業があったというので、もしかしたら、そこに登場する話もなかにはあったかもしれません。諺のようになるほどと思うこともありましたが、それよりも物語を聞いているようでした。

よくこの話をしてくれたのは、部屋が狭いことを嘆いたからでしょうか。

こんなようなお話でした。

ある日、家が狭いことを思い悩んでいたおばあさんは、近所のラビへ相談に出掛けました

するとラビは、山羊を一匹家のなかに入れなさいと、言いました

そしてお婆さんはいわれたとおりに、山羊を一匹家のなかに入れました

翌日、お婆さんはラビのもとへやってきて、家がもっと狭くなってしまったと嘆きました

すると今度は、家のなかにロバを入れなさいと、ラビは言いました

そして、おばあさんはそのとおりにしました
翌日、おばあさんはラビのもとへやってきて、家がもっと狭くなってしまったと、嘆きました
すると今度は、鶏を入れなさいと、ラビは言いました
あくる日もあくる日も、お婆さんはラビのもとを訪れました
そして、家のなかの動物はどんどん増えていきました
お婆さんはついにラビに言いました
家はますます狭くなってしまって、もう、身動きもとれなくなってしまったと
するとラビは、それじゃあ山羊もアヒルも猫もロバも鶏も、動物たちをみんな家から出してあげなさいと、お婆さんに言いました
家に帰ると、お婆さんは言われたとおり、動物をみんな外へ出しました
翌日、ラビのもとへお婆さんがまたやってきました
大変喜んだ様子で、どういうわけか部屋が広くなったと、報告しにやってきました

この話を聞いていると、いまの部屋のままでもわるくないかもしれないという気に、どういう訳か、なりました。

ユダヤ人の生活には、いつもラビと呼ばれる人物が存在しました。信仰を導く人でしたが、問題

が起きたときや困ったときに、その真ん中でどうしたら良いか、ユダヤの教えに基づいてものごとを解決しました。まわりには、学生もたくさん集まってくるようです。

「また、彼らは学者でもあって、周囲に集まってくる学生たちを指導しながら、自身の学問を受け継いで、指導者の地位を継げるように指導していた。しかし、ラビたちは伝統を受託された担い手でもあった。つまり、信仰と行ないの神聖な制度を管理する責任者だったのだ。」

これまでに耳にした民話には、たいていラビが登場し、何にもべたべた触ることなく言葉だけでそっと何かを導きだし、問題を解決させている不思議な印象がありました。

人々はあちこち駆け回り、ラビはじっとして、気がつけば事件は解決している。

シンガーの物語には、そうしたお話がたくさん登場します。そして、多くのシュレミール――イデッシュ語で、トンマ、マヌケ、アホウという意味ですが、その他にもすっとんきょうな人のニュアンスをあらわす、ぼんくら、のろま、いつも失敗ばかりしている人、運のわるい人、けれどいつもそのことに甘んじて不平を言わない人、手先が不器用な人、付き合い下手、世渡り上手ではない人、相手にしても面白みがない人、店の客のなかでばか正直なため、だまして売りつけやすい人、取引でも賭けごとでもまぬけなことをやってしまう人――が登場します。そして、いくら頭がよくて、学問のある人でも、シュレミールと呼ばれる人がいるそうです。

＊＊

いま思うと、シンガーの物語を読んでいるときの馴染みある感覚は、子供の頃にもありました。どうしても文字を読むのがイヤな頃でした。何列にも並んだ文字は記号に見え、読み進めることができませんでした。そんな頃、夏休みの宿題に本を二冊読み、それについて感想を書くように言われたときは、目の前にあった夏休みがいっぺんに霞んでいきました。

その夏は、イスラエルで過ごすことになっていました。いつものように、新学期の前日に、どたばたべそをかきながら宿題をやっては間に合わないことを予感して、誰が選んだのか、イスラエルへ発つ一日前に手もとに二冊の本がありました。『アンネの日記』ともう一冊。荷造りもだいたい終えて、リュックに本を詰めようとして、なんとなく、ページをぱらぱら捲っているうちに読みはじめ、それから先、飛行機でもイスラエルへ到着してからも、読み終えるまで読み続けていました。イスラエルに漂う人々の気配が、不思議なことにこの本のなかにも存在し、これはなんだろうと思いました。

アンネの死は、訳者の後書きによって知らされる。

ちょうど、日記を書いていたアンネと同じ年だった、ということもあったかもしれません。ゲットーで死んでいった少女の書いたものがぬくぬくと手のなかに残り、勝手に色々なものを繋げていく。アンネの周りにいる人々をとおして自分の家族を感じ、生きているざわめきや、時に胸の奥にひっかかる何かは、誰かの身にも存在しているのだと確認し、身を隠していた部屋の壁や、布を張り付けた窓が、ありありと浮かんでくる。

何年か前に、アンネが戦時中暮らしていたという屋根裏の、隠し部屋を訪れたことがありました。平らなオランダの地形は、沼や水路、湖など、大きな水たまりで溢れている。光は反射し、水面を輝かせ、沼を氷みたいにつるんとさせている。光は空から水面へ、水面から目のなかへちかちか飛び交い、まるで万華鏡のなかを転がっているようだった。

隠れ家を訪れた日は曇っていて、水路に面した隠れ家のある建物の前には、早朝だというのに人が沢山並びました。

アンネの部屋。ベッドと小さな机の置かれた簡素な部屋の壁に、絵はがきや雑誌の切り抜き、幼い頃の写真などが貼ってある。隠れ家全体の印象はだいぶ薄れていますが、その壁だけは、深く目に残っている。じっとしている時間のなかで、体のどこか一点だけでも燃えていたことが、あの一面の壁は、戦争を体験した他の多くの人々の言葉や、語られた経験とも繋がって物語っているようでした。

＊＊

アイザック・B・シンガーがニューヨークに住みはじめてから四年後に、第二次世界大戦が始まりました。戦争が終わるまでの六年間で、三人にひとりはユダヤ人だったというワルシャワのユダヤ人と共に、イディッシュ語も絶えかけました。

イディッシュ語で書き続ける、あるいはイディッシュ語を持ち続けたというのは、平和を持ち続けるということでもあったでしょうか。それは、きっと世界の平和という大きな旗を翻す、というよりも、ひとりの内に流れる平和。そしてシンガーは、物語を書くという平和を、いつも心に持っていた……でなければ、あんなさわやかで、愛のこもったボンクラやトンマの話は、生まれないと思うのです。

それらの物語、物語に登場する人物の気配を、ほんの僅かかもしれないけれど、今もイスラエルに感じるということは、私にとって、とても大切なことです。それはかつて存在した時代への郷愁というよりも、イディッシュ語の持つユーモアは、まるで未来そのもののようだと感じることがあるから、かもしれません。

＊アイザック・バシェヴィス・シンガー　（一九〇四—一九九一）ユダヤ系アメリカ人の作家。ポーランドの首都ワルシャワで子供時代を過ごす。一九三五年にニューヨークへ渡り、アメリカ国籍取得。一九七八年ノーベル文学賞受賞。ユダヤに伝わる物語とワルシャワでの体験をないまぜにした独特の作風をイディッシュ語で描いた。『やぎと少年』『お話を運んだ馬』『まぬけなワルシャワ旅行』『ルブリンの魔術師』『ショーシャ』など。

＊ペサハ（過越しの祭り）　ユダヤ暦のニサンの月（三月、四月に相当）の一四日の前夜から七ないし八日間続く祭り。モーセとその民がエジプトを逃れるとき、それを助ける神がユダヤ人と迫害者の家を見分けられるように、ユダヤ人の家の軒に羊の血をぬっておくよう命じ、神はそのしるしを見てその家の前を過ぎ越し、迫害者のみこらしめたという故事を祭る。

＊出エジプト　旧約聖書の二番目の書であり、『創世記』の後を受け、モーセが、虐げられていたユダヤ人を率いてエジプトから脱出する物語。

Ⅳ章　ローズのチャツケス

薔薇、といったら、ローズという名前の母の友人を思いだします。

ロスアンジェルスに住むローズの家には、人からもらったという薔薇をモチーフにしたあらゆる物がどことなく置いてあって、薔薇にまつわる何かを見かけると、ローズに贈りたくなる人が沢山いるのだろうなと思いながら、部屋や、洗面所にまで鏤《ちりば》められた薔薇に毎回見入っています。

いつか東京で、花の画家として植物の絵を描き続けたルドゥーテの、薔薇の絵だけを集めた展覧会を見に出掛けました。

一周し終えると、絵をモチーフにした本や栞、マグネットなどが並んでいて、アメリカへ経つ直前で、もうすぐローズに会えると思ったら、捲っても捲っても薔薇の絵でうめつくされた厚くて重たい本を買っていました。しまいには自分も欲しくなり、大きな本を二冊抱えて帰る羽目になりました。

本の背表紙には英語、フランス語、日本語で、ペルシアの金言とカッコされ、「本とはバラのようなものだ。そのページを考究してゆけば、読者の心は開花する。」と書かれていました。英語で読んでみると、バラの柔らかい感じがしました。

“A book is like a rose, studying its leaves opens the reader’s heart.”

ロマンチックなことを言う人がいたんだな、と背表紙を見て少し楽しくなったのを覚えています。

部屋をうめつくすのは〝ローズ〟のモチーフのお土産ばかりではありません。

本人が五十を越えてから集めはじめたチャツケスの気配が、玄関のドアを開けるその瞬間から漂ってきます。

どんなものがあったか、思いだしながら隅々まで見ていると、少し猫背のローズが近寄ってきて、いつ頃、どんなところで買ったのか、ローズ独特のアクセントと低い声で解説してくれます。

特にすごいのは、彼女が*チャツケスのコレクションと呼ぶアクセサリーです。そのアクセサリーは、居間じゅうの本棚に仕舞ってありますが、かぶせてある布がめくれて、ちらちらと姿を見せています。

次から次へと棚から下ろされるアクセサリーを、母と妹と三人で、丸いダイニングテーブルの上で見せてもらう。そのテーブルで、朝食のシリアル以外の食事をした記憶はほとんどありませんが、アクセサリーでいっぱいのテーブルは、鮮明に思い浮かびます。

時々虫めがねを引っ張りだしてきて、ほら、これにはサインがあるから高いのよ、と暗い部屋に灯った不思議な形のランプシェイドの下で、買った先の市場のことや、これはかなり値切った、これは純金よ、これはプラスチックと言っても、ただのプラスチックじゃなくてベークライトという

ローズのチャツケス

のよ、と真剣な表情になります。

ローズは懐かしそうに、ブレスレットやネックレスをしてみます。自分で選んでいるだけあってうっとりしながら、肌にあてたアクセサリーを眺めている。ああなんて素敵なのかしら、あなたもしてみなさい、スエレン（私の名前をほとんどこのように発音する）と言って、丁寧なのか乱暴なのか分からない手つきで手渡され、私も身につけてみる。すると、ほうら、という顔つきで、やっぱり綺麗だわと言いながら、その表現には適さない首の傾げ方をしたり、目玉を大きく一周させたりします。

ユーモアと皮肉に満ち溢れていて、ローズの表情はとにかく豊かです。

もともと二人の息子を授かり、それぞれ病気

（医療ミスだ、とみんな思っている）と、薬物で亡くしています。そして親族の大半がオーバードーズで亡くなっています。

夜になると、眠る前の静かな部屋で、母とローズが、スカートを広げてまわるみたいに楽しそうに昔話をしている。

ローズは昔から付けている日記を見ながら、母と出会ったときのことや、その後一緒に巡ったギリシャでの出来事を読み返しながら、あきれるほど笑っています。思い出を彩るのは、まる一年という箱のなかにぎっしり詰まった〝時〟よりも、あちこちに鏤められた、今にも忘れてしまいそうな記憶が描く、細かい模写なのかもしれません。

二人の息子の名前を口にしながら、深い溜め息をつくローズ。長い年月を一緒に過ごした息子を亡くすというのは、どんな気持ちなのだろうと、玄関先に置かれた額に入った息子の写真を見ながら考えてみても、その気持ちは、経験をしたローズ本人にしか分からないと、気がつきます。

私の母は、ポーランド出身の父と、イギリス出身の母のあいだに生まれました。

建国されたばかりのイスラエルで生まれ育った母の記憶力は薄く、どんな子供時代を送ったのか尋ねてみても、内容が曖昧だったり、話が交互になっていて、しまいには、ふたりともこんがらがっている。その分、覚えている出来事や印象的な出会いは、小さい頃から繰り返すように何度も

日記を読み返しているローズ(左)と母　ずいぶん前の写真

聞かせてもらいました。話のなかに登場してくる人々は、会ったことのある人が多いせいか想像もしやすく、聞いているうちに、目の前で小さなその人々が動きだし、まるで劇が幕を開けるようでした。とりわけ好きだった旅の話は、母がローズと出会ったときのことです。

イスラエルでは、男の人は十八歳から二十一歳までの三年間、女の人は十八歳から一年九ヶ月の兵役義務があります。それを終えると多くの人々は、すぐに大学へは行かずに、一、二年旅に出掛けます。母も兵役を終えると、イスラエルを出て、いろんな国を巡りました。しかしその後、イスラエルへ戻ることはありませんでした。一時的に帰国することはあっても、後に日本へ辿り着くまでの約八年間を、放浪し続けました。

ローズに出会ったのは、徴兵を終え、イスラエルを出発して一、二年経ったときのこと。

ロンドンで友人と別れた母はひとりで、イタリアからブリンディジ経由のギリシャへ向かうバスに乗りました。そのバスが、フェリーで国を越えている際、同じフェリーに乗っていたのが当時五十五歳だったローズです。

ローズは、二十三年間一緒にいた夫と別れたばかりで、持っていた物を全部売り払い、それで得た一万ドルでヨーロッパを巡っていました。すぐ戻る予定だった短い旅行は、何年にも及びます。

母は、この話をしていると念を押すようにして言います。すごいのは、フェリーで出会ったことじゃなくて、その後ふたたび別の船で再会したこと、と。

初めて会ったとき、ローズは二人の女性を連れていました。「あなたと一緒に回りたいけれど、一人がちょっと意地の張る人だから……」と言ってそのときは一足早くコーフーで、フェリーを降りていきました。母はその先のアテネで降りて、何ヶ月か滞在します。

二度目に船で再会したとき、ローズは意地の張った友人と別れ、二匹のサルーキー（エジプト・

アラビア原産のグレイハウンドに似た獣猟犬）を連れた男の人と一緒に旅していました。

アテネからミコノスへ渡る船の上。私は船の上を群がって飛ぶカモメの気分になって、ギリシャの風なのか、どこの風でもない風に吹かれて、空気に酔いしれるように再会を喜び盛りあがるローズと母の様子を、思い浮かべます。


ふたりは二ヶ月にわたって、ギリシャの島々を回ります。

ミコノス、シロス、パロス、イオス、クレタ、サントリーニ……。

どこかの国の数字のよう。


この辺りで、一度ロンドンで別れたヤキという友人とまた合流します。初めて聞いたとき、なんだか不思議な名前の人だと思いました。

二匹のサルーキーという犬は、いつの間にか、いなくなっている。

サルーキーは、日本ではほとんど見かけませんが、イスラエルでは時々見かけます。大人の腰まであるこの犬はしなやかで、砂漠の色をした美しい犬なので、とても印象に残る。

幼い頃は、自分の背丈よりも大きなサルーキーを（そう感じただけかもしれませんが）、綺麗だなあと思って遠くから眺めるものの、近寄ってくると素早いせいか、鋭い鼻先のせいか、尖ったものがもつ怖さを感じました。

母は幼い頃、サルーキーを飼っていました。名前は、ビュート。ギブアタイムで、母、母の妹、そしてサフタの親子三人で暮らしているとき、みな留守にするので、ビュートはキブツに住む友人の家に預けられました。

一足早く家に戻ったサフタが、その晩ひとりで眠っていると、夢のなかに白い光に包まれたビュートが現れ、はっとして目を覚ましました。

次の日、キブツの友人から電話があり、ビュートが間違えて毒を食べて死んでしまったという連絡を受けます。チェーンを付けずにひとりで散歩するビュートは、ねずみに仕掛けられた毒を、食べてしまったのです。

この話を聞くたびに、イメージのなかのビュートが黄色い砂ぼこりをたてながら走る姿を想像して、その砂ぼこりのなかへ完全に消えていくまで他のことを考えてはいけないと決めていました。

テルアビブから少しはずれたところに暮らす親しい一家へ会いにいく途中、必ず立ち寄る家がありました。この人もまた、母の古い友人で、サルーキーを飼っていました。

何もない草原の先にぽつりと一軒の家が見えてきます。辺りは静まりかえっていて、乗っている車の音以外は何も聞こえません。ちょうど着く頃に家から出てきて迎えてくれます。

　ガディは足が一本ないので、代わりの役割を担うプラスチックの足を付けています。ゆらゆらと左右に揺れて歩き、おてんとさまをたっぷり浴びた健康的な顔で、にこにこしながら挨拶してくれます。カヌーが好きで、パラリンピックにも出場しました。

　片足をなくしたのは、七三年の*ヨムキプール戦争のときだと聞いたことがあります。


　小さい頃、どうしても足ばかり見てしまい、いけない、いけないと思って目をそらしても、次の瞬間にはまた見てしまうので、なんだか申し訳ない気持ちになり、会う機会があってもどうしたらいいのか分からなくなった時期がありました。

　あるとき、私がまた目を白黒させているのを見たガディは、小さな声で言いました。「好きなだけ足を見ていいよ」。すると急に、重たい緊張がほどけて、それ以来、足のことが不思議と気にならなくなりました。

　ぽつんと建つ一軒家の大きな窓からは、草原だけがどこまでも見えました。

　お茶を頂いたら、いつも暗くなる前においとまします。

　ドアを開けると、ガディの二匹の大きなサルーキーが、私たちよりも先に飛び出て、草原を走りまわっている。草原といっても、イスラエルの夏の草は黄色く、夕日と草に溶け込む二匹のサルーキーは、しなやかな体が辺り一面に馴染んで気持ちよさそう。

ギリシャの島々を巡った後、母はローズと別れ、ヤキと東へ向かいます。ヒッチハイクをしながら、ユーゴスラヴィア、オーストリアのビエナを経て、スイスのズーリッヒ（チューリッヒ）に辿り着くと、そこで半年ほど働きます。

二人は旅の途中で出会った姉妹の父が営む農場で、りんごとりの手伝いを始めました。このときの体験があったため、幼い頃から、りんごを持つときばかりは母は急に厳しくなりました。あざを作ってはいけないと、慎重になります。「りんごは卵を持つように大切に扱わなければいけない」と、よく言われたそうです。そのままそっくり、私にも、「卵を持つように」と注意するのでした。

どこで身についたか分からないような習慣が、思いもよらない場面で、生活のあちこちに顔をだします。

リンゴとりで貯めたお金で、こんどはニューヨークへ渡りました。

ニューヨークを拠点にしているとき、日本を訪れ、少し仕事をしてから戻る予定でしたが、母は今もここで暮らしています。

なんで、あんなに転々としていたのか聞いてみたことがありました。あるときから、考えるのをやめたら、そうなってしまった、と言うだけでした。

＊＊

もうすぐ、ミレニアムだと世界がざわざわしていました。一九九九年の夏に、いつものようにイスラエルへ向かう。ローズが合流することになっていたので、いつもに増して楽しみでした。

テルアビブで泊まる家の近くでは、週に二回、歩行者天国になる道があり、そこでは手作りのクラフト品だけを売っています。

絵の具で塗られた粘土の置き物や、小さな瓶のなかにドライフラワーが詰まったペンダント、シルバーのアクセサリー、掌を象った、イスラエルで御守りとされている*ハムサも、よく見かけます。小さい頃、この日は目覚まし時計をセットして、朝から出掛けていきました。

テルアビブの空港に到着したローズは、頭いっぱいの三つ編みにビーズを付けて現れました。そんなローズの頭が羨ましくなり、私も三つ編みだらけの頭にしたいと思っていたら、クラフト市場にエチオピア人の女性が、三つ編みを結うベンチを出していました。本場アフリカの三つ編み。きつく引っ張られる頭皮が痛くて、涙が出てきます。

エチオピアンジューと呼ばれる、エチオピアのユダヤ人がイスラエルへ移民した時期が、八〇年代と九〇年代の二度にわたってあったそうです。たまたま何年か前に、東京でその頃の映像を見る機会がありました。夜中に大勢の人々が飛行機に乗り込んで、イスラエルへ出発する、という短い映像で、誰かがホームビデオで撮影しているような荒々しいドキュメンタリーでした。

三つ編みをきつく結んでくれたエチオピア人の女性も、そうやってイスラエルへ渡っていたのかもしれないと、今になって思います。

私たちは目的のツファットへ向かいました。ツファットは聖書に出てくる歴史の古い街で、ユダヤ教の四大聖地のひとつとしても知られています。[*]ガリラヤ湖の北部に位置し、町は山の上にあります。

アメリカで生まれ育ったローズは、両親がロシア出身のユダヤ人でした。エチオピアから渡ってきた移民のように、ロシアからも沢山のユダヤ人移民が渡ってきたそうです。

ロシアから、イスラエルに移民したローズの親戚がツファットに住んでいて、彼らに会いにいくローズに、私たちはついていきました。イスラエルに渡ってきた一家の父も、母も亡くなり、残された息子二人が、ツファットに住んでいたのです。

母とローズ、妹と四人で、男の子二人に会いにいきました。お兄さんは、まだ二十歳になっていなかったと思います。眼鏡をかけ、頭が良さそうでした。弟は、中学生くらいでしょうか。細くて、ドクロに雷が落ちている黒いTシャツを着ています。

一緒に、ツファットの古い街並を散歩したり、食事をしたりしました。街の建物も地面も、同じ色の石で造られています。歩いても、歩いても、時間が経って禿げた黄色の景色が前に広がります。階段も多く、足もとを気にしながら、ローズとゆっくり登ったり、降りたりして街を見てまわりました。

ビーズや三つ編みの上に冠った麦藁帽子の下で、ローズは一人静かに柔らかく笑っています。男の子二人に会えて、嬉しかったのかもしれません。

その後、近くに住む、母の妹の友人の家を訪れました。

とても広々した家で、窓も大きく、外の庭は植物でいっぱい。

到着すると、お腹が痛むので、ソファに掛けていました。すると奥さんが、セージの入ったテイを飲めばきっと良くなる、と言って庭へ出ていきます。ヘブライ語でテイは、ティーのこと。

どんなハーブなのか見たくなって、彼女のあとについていきました。

把手の付いた透明なカップに摘んだばかりの葉っぱを入れて、お湯を注いで持ってきてくれました。庭で咲いているときよりも、セージの緑が鮮やかに光っています。なんて美味しいんだろう、とありがたく飲み干すと、いつのまにかお腹の痛みもなくなっていました。

何年も後になって、初めて一人暮らしをしたとき、最初にベランダで育てたのはハーブでした。テイ・イム・マルヴァ、あの日のセージのお茶を、好きなときに飲めると思って、チェリーセージにコモンセージ、それにアップルミントを鉢に植え替えて育てました。

でもやっぱり、あの日淹れてもらったセージ入りのお湯が、一番美味しい。

夜になると、そばに住むおばあさんの家へおじゃましました。外のテーブルに、ご飯をいっぱい用意して迎えてくれました。何もかもが街灯の明かりに照らされて時が浮かんでいるような、どこかへ迷い込んだみたいな夜。どこの角を曲がってみても、大昔から広がる景色に見える。

おばあさんは、エチオピアから渡ってきた人々と一緒に働いています。工芸品や、文化が絶えてしまわないようにと、ボランティアでいろいろな活動をしている人でした。

帰り際、母はエチオピアの人が作ったという不思議な彫り物をもらいました。

次の日は、隣町のロシ・ピナに泊まる。昼間の明るい時間に、チェックインしました。坂の上のホテルで、荷物を持って階段を上がると、廊下があり、そこを抜けるとベランダになっています。とにかく見晴らしがきれいな、気持ちのいいベランダでした。ベランダの上に、掘建て小屋を建てたようなホテル。

そこから、近くの路地をぶらぶら歩きに出掛ける。ツファットと建物は似ていますが、何かが全然違う。視界の先には石畳の地面がうねりながら続いていて、その両脇には家が並んでいます。花が飛び散る水のようにたれさがって生え、葉が窓や壁に絡みついている。人々が住む家の扉には鮮やかな色のペンキが塗られて、色とりどりの花が描かれていたり、ゲートにとりつけられた装飾品が可愛かったり、柵の色味がさまざまで、ひとつひとつに見入りながら街を歩きました。

母は、扉が素敵だから、沢山写真を撮るようにと、私と妹に扉ばかりを撮らせました。

しばらく散策して、それからホテルに戻る。この日は、母とローズと一緒にギリシャを巡ったヤキが会いにきてくれることになっていました。

ヤキの新しい連絡先を知らなかった母は、長い間会っていませんでした。ローズもギリシャの旅

ロシ・ピナの街で見た青い扉

以来、一度も会っていません。幼い頃から聞いていた、話のなかの人物が目の前に現れると思うと、なぜか少し緊張しました。

ベランダでホテルの主と話をしながら、みんな何をするでもなく、テイ・イム・ナナ、ミントの入ったお湯を飲んだり、妹が日に焼けて少し茶色くなった長い髪の毛を梳かしています。他にお客さんはなく、部屋がどんなだったかも記憶にありません。ホテルというよりも、私たちはベランダにいました。


そのうち、ヤキが現れました。

キブツの農園で働くヤキの肌は焼けていて、働き者の腕をしていて、笑顔の優しい、静かな人でした。

ばらばらに暮らす三人が、坂の上のベランダで、滲む光に当たって笑っています。

数字のように聞こえるギリシャの島々を巡った三人。

あの日船の上で再会した三人が、もう一度、今度は私たちの目の前で、ロシ・ピナの坂の上の船で、再会しました。

＊チャツケス　ヘブライ語で、小物を乱暴に言うときに使う。もともとはイディッシュ語で、アクセサリーやがらくた、を指して使われた。その他にも、色っぽいけれど脳がない女性のこと、結婚している男性と付き合っている女性のこともいう。逆に、わたしの可愛い赤ちゃん、など、大切な人を意味することもある。

＊ヨムキプール戦争　第四次中東戦争のことをイスラエル側ではヨムキプール戦争、アラブ側では十月戦争とも呼ぶ。一九七三年一〇月にイスラエルとエジプト、シリアなどとの間で行われた。

＊ハムサ　邪視から身を守るためのお守り。手の形をしたデザイン。

＊ガリラヤ湖　標高マイナス二一二mにある淡水湖。古代から温泉の町として知られるスパリゾート。湖畔はイエス宣教の地で新約聖書にたびたび登場する。イエスは荒れたガラリヤ湖を鎮めたり、湖の上を渡る奇蹟を見せたりしたという。

Ⅴ章　キブツの冬、甘い泥

四歳から五歳にかけて、イスラエルで過ごしました。このとき巡ってきた冬が、イスラエルで過ごす初めての冬でした。

一歳から二歳にかけても、向こうで暮らしたことがあったそうです。写真によって、まるで当時のことを覚えているかのような気持ちになります。それは、何枚かの写真を思いだしているだけですが、こうして人から伝えられたこと、人の撮った写真や映像が、音楽や文章が、気がついたら自分の記憶にもなっている。


イスラエルの冬とともに思いだすのは、キブツ*で過ごした数日間です。


ベット・アルファというキブツをよく訪れました。

いつも泊めてもらうラミとナオミ夫妻には三人の娘がいます。長女のヤエルと、次女のノア。ずっとあとになってシャイ、三女が誕生しました。

ゲートを通るとキブツが始まります。白いアパートが並び、人々は割り当てられたその部屋で生活をしています。

キブツの生活は、素朴に見えました。そして〝キブツ〟という響きがとても好きでした。人混みがなく、夜になるとシンと静まりかえりました。テルアビブのような賑やかな街では、なぜか時間

一歳のころ　イスラエルで

写真が気がついたら自分の記憶にもなっています

が凝縮されているように感じますが、キブツのように隙間の多い土地では、時間がのびのび流れているようで、いつもよりたくさん遊べる心持ちになりました。

数日間寝泊まりさせてもらうラミとナオミ夫妻の家に到着して、荷物を降ろすと、すぐ遊びに出掛けました。


四歳の頃のキブツ。三女のシャイはまだ生まれていない。私の妹もまだ、生まれていない。

ヤエルとノアに連れられて、キブツを遊び回りました。この頃のキブツを微かに覚えているのは、身につけていた厚着のせいかもしれません。タイツの厚みやセータのごわごわ、頭を覆う帽子のかさ張り、そんなものが、いまにも逸《はぐ》れそうなイスラエルの冬を、繋いでいます。


動物小屋へ連れていってもらう。そして、慣れた手付きで真っ白な兎を、ひょいと手渡される。東京では猫を飼っていたというのに、どう持っていいのかよく分からない。せわしく動く兎は、胸元から肩の方へよじ登り、その向こうに行きたがっているよう。

鳥小屋のなかから色んな鳴き声が聞こえ、雉子《きじ》が外を歩き回る。

ヤエルとノアと

キブツの動物小屋の近く

しぼんだ浮き輪、スーパーの買い物籠や壊れたシーソーなど、一面のガラクタの山は、子供たちの遊び場になっている。サボテンが好きだという人によって造られた、サボテンの庭。牧場。馬。売店。食堂。キブツは広い公園のようでした。その大きな公園に、いろんな趣味の島が、ぼこぼこ浮かぶように点在している。

キブツのメンバーは、お昼になると食堂に集まります。建物の二階へ上がると大きな窓に囲まれた食堂がありました。陽差しが部屋の真ん中まで届かず、薄暗く感じました。トレーを持ち、並べられた食事を盛り、席へ運びました。部屋いっぱいの、つるんとした木製のテーブルと椅子は、キブツで最も造形的な物のように見えました。

食堂では、どこから来たのかとよく聞かれました。日本から来たというと、コニチハ、と声をかけてくれる人もいます。日本と聞いて思いだした様子で、日本車は最高だ、と何度も繰り返す人もいました。

ヘブライ語が喋れるかどうかも聞かれます。クツァット、ちょっとだけ、と返事をする。キブツに限らず、イスラエルにいるとよく質問されたので、決まり文句のようにクツァットと繰り返す。そのときのくせで、ほとんど喋れないのに、今でも反射的にクツァット、と返事をしてしまう。

ベット・アルファのそばのギルボア山へ登ったのもこのとき。おやつをリュックサックに詰め、ちょっと歩くから、とズボンを借りて履きました。

ギルボア山の麓にヘフティバ（我が喜びは　彼女にある）というキブツがあり、そこには日本庭園があるといいます。ギルボア山の帰りに連れていってもらいました。石で囲まれた小さな池があり、日本庭園そのものでしたが、イスラエルで目にする日本庭園は、なんだか不思議な感じがしました。今でもあの日訪れた庭園を思いだすと、オリーブの木に、ブルーベリーの実がみのったみたいな変な気持ちになる。

何年か経って夏のキブツを訪れると、三女のシャイが誕生していました。私にも妹ができて、いつも母とふたりで訪れていたイスラエルに三人で行くようになりました。こうして家族がひとり増えたということは、それまでに感じたことのなかった、喜ばしい出来事でした。

シャイは、柔らかく巻きあがった栗色の髪の毛をたなびかせながら、懐かしい動物小屋へ連れていってくれます。ぷっくりとした体つきで、笑うと、身体全部で笑っているような愛らしい女の子。お姉さんのヤエルと同じように、動物をとても大切に持ち、私たちにも持たせてくれます。犬が飼い主に似るといいますが、シャイは可愛がっている小さな動物たちによく似ています。柵が開いて出てきた真っ白い兎の目が、真っ赤に光っていた。

キブツのプールにも連れていってくれました。プールまで伸びる並木道を歩いていると、禿げたピンク色の歩道も、両脇の木々も、何もかもが出迎えてくれているような、楽しい気持ちになります。キブツに滞在した数日間、毎日プールへ通いました。何度同じ並木道を歩いても、やっぱり楽しさで満ちていました。

平泳ぎがはじめて泳げるようになったのも、この夏の、このプールでした。五〇メートルプールだったのでしょうか、とても大きなプールがひとつに、小さくて丸い、子供用の浅いプールがひとつありました。他に誰もいませんでした。まるで、私たちのプールでした。キブツには背の高い建物がないので、光を遮るものもなく、先が尖った縦長の木々に囲まれ、ノアと母に教えてもらった平泳ぎの練習をずっとしました。

ナオミと母は、兵役期間中にキブツニク（キブツのメンバーの通称）として、一年間、ベット・アルファに働きにいきました。ナオミはすぐにそこで生まれ育ったラミと出会い、今もベット・アルファで暮らしています。

二人はキブツニクとして保育園で子供たちと遊んだり、お年寄りのいる家に食事を運んだりしたそうです。夜になると、食堂でご飯を作り、ワゴンで運んで配りました。今では、食堂はセルフサービスになり、夜ご飯をみんな一緒に食べる習慣は、それぞれの家族がそれぞれの部屋で、作って食べるものに変わりました。ひとつひとつのことは、キブツのメンバーが集まり、総会で話し合われ、その場の総意に基づいて決定されてきたそうです。

＊＊

『甘い泥』*という映画は、一九七〇年代のキブツが舞台になっています。

子供たちは「子供の家」で暮らし、両親は仕事に専念できるよう、子供たちと離れて暮らしていた時代のキブツです。

夫が死んでから、精神が不安定になったミリ。息子のドビールは、あらゆる方法で母の精神を引き戻そうとします。

療養所から帰ってきたばかりのミリは、そこでステファンというスイス人に出会い、恋しいのと、不安定な精神とで、とても生きにくそうです。

キブツは、ヨーロッパに散らばって暮らすユダヤ人たちが、二十世紀初頭、当時まだパレスチナだった地にやってきて、それまでの流浪の歴史を辿るユダヤ人にはなかったとされる、大地に根を降ろして暮らす、という想いを実現させようとしたものでした。人々にとって、夢を見ている土地はひとつでしたが、さまざまな国からやってきた人々の言語はばらばらでした。そして、共通言語として、ヘブライ語を使うようになりました。

総会での話し合い風景。キブツのメンバーが集い、いくつか問題がある、と、総長が大きな声をだして問題を挙げています。

一、アイスキャンディーと、チョコレートがキッチンから盗まれている。

二、救助員がいないのに、メンバーがプールで泳ぎ続けている。

でもその前に、ミリがスイス人のボーイフレンドを呼んで、一ヶ月間キブツに滞在させたいという申し出について話し合うことになります。意見が飛び交った結果、ボーイフレンドはやってくることになります。

イスラエルの金曜日は、シャバット、安息日のため誰も働きません。キブツのメンバーが揃って食事をしています。食堂で、ピアノを弾きながら歌っているおじさんは、チョコレートを盗んでいた人。アイスキャンディーを盗んだドビールの兄。ボランティアでやってきた、フィンランド人のお姉さん。やってきたばかりのボーイフレンド。

それぞれが独立した人間だと分かっていても、こんなにいつも人と人が一緒にいる暮らしを見ていると、まるで合宿がいつまでも続いているかのようだ。

小学生の頃。合宿で山に行くと、学校の先生と生徒以外、山には誰もいなかった。怪我をしたら保健係へ行き、班ごとに役割を分担し、水を汲みに出掛ける。テントも班ごとにみんなで協力しながら組み立て、水が溜まらないようにテントのまわりをシャベルで掘る。支給される野菜やお米をもらいに行き、食事を作り、頂く。問題が起きると、きちんと話し合う。

映画を見ていたら、みんなで一生懸命四日間の山の生活を成し遂げようとしたのを思いだした。こんな合宿のような生活がいつまでも続いたら、映画のなかのキブツみたいになるのかもしれないと、思う。

あるとき、ボーイフレンドはキブツから出ていかなくてはならなくなる。ミリがまた、不安定になっていく。息子のドビールは希望を失わないようにと、あらゆる方法で母を勇気づけている。

ドビールの拠り所は、いつの間にか母でも兄でもなく、フランスからやってきた女の子、マヤになっていました。

バールミツバ（ユダヤ教の成人式）の日。夜の広場。炎が所々、燃えている。親が、子供へ書いた手紙を朗読します。

ミリの順番がきて、手紙を読もうとする。息子宛に手紙を書こうと思ったけれど、結局書けなかったと、思い詰めた表情で喋りはじめる。ドビール、あなたのお父さんはここから出たかった。でも、キブツの人々はそれを許さなかった。ここは腐っている、一刻も早くここから出ていきなさいと泣きながら叫ぶ。大人たちが泣きわめくミリを抱えて去っていく。

春がはじまる頃。プリム祭*の夜。みんな仮装をして、騒いでいる。化粧をして動物に仮装したマヤとドビールが、ミリのボーイフレンド宛に手紙を書きはじめる。そっちに行くための、チケットを三枚送ってほしい、と。

映画のなかでは、雨がよく降っています。

そういえばイスラエルにいるあいだ、雨に打たれた記憶がないな、と思う。

バールミツバは男の子が成人する日で、バットミツバは女の子が成人する日です。男の子は十三歳で、女の子は十二歳で迎えます。キブツでは、みんな一緒に暮らしているから、一日にまとめて祝っていたのかもしれません。イスラエルのゆるやかな社会では、この歳の誕生日の当日は、いつもの誕生日よりも盛大に祝い、プレゼントは大人になっても使えるものや、少し高価なもの、なかにはお金をあげる人もいます。

船や、浜辺を借り切ってパーティーを開いたり、世界一周旅行へ行くという親子が、まわりにたくさんいました。なんだかすごいなあ、と思いました。

ちょうど十二歳の誕生日に、私はイスラエルにいました。

パーク・ハ・ヤルコンで、昼間から家族と友人らで公園の一角を飾り付けしました。木から木へと風船をつり下げ、公園の一角に小さなパーティー会場を作りました。テーブルには葡萄や桃などフルーツが盛られ、ピタパンやポテトチップスなどの、お菓子や食べ物がいっぱいに並びました。

いつも楽しみなのは、ケーキです。誕生日のときだけ、母は普段使わないような、色の付いた飾り物を使ってケーキを彩ってくれました。夜中にせっせと作っているのを知りながら眠りにつき、朝起きるとテーブルの上に装飾されたケーキが、バースデーカードと一緒に置かれている。今年はどんな色のケーキだろうと楽しみでした。この日は、赤やピンクのつぶつぶに、青や緑のマーブルがケーキを囲み〝12〟の数字と、ヘブライ語で、おめでとうという文字が添えられていました。公園のパーティー会場には、フルーツやお菓子でいっぱいのテーブルに、誕生日のケーキも一緒に並びました。

私は、アメリカに住む友人がお祝いに送ってくれた、真っ白いリネンのワンピースを着ました。肩がほんの少しふくらみ、ところどころに刺繍が施され、上品なハンカチーフがそのままワンピースになったかのようでした。おしりに届きそうな、当時長かった髪の毛に細い三つ編みをいくつか編んでもらい、色とりどりのビーズを付けてもらいました。

少しずつ友達が集まってきて、おじいちゃんや、おじいちゃんの再婚した奥さんや、あんまり知らない人まで集まりました。

このときおじいちゃんと義理のおばあちゃんに頂いた金のブレスレットは、つい最近、ぽきっと折れるまで腕にしていました。幼なじみの、友人のおばあちゃんからはピアスをもらいました。白いプラスチックの椅子に座るからだの大きなおばあちゃん。小さな箱を手渡されると、その場で箱を開けてみました。なかのピアスも嬉しかったけれど、おばあちゃんがどの指にもはめている、大きな石の付いた指輪から、目が離せませんでした。その手元は、おばあちゃん全体を象っているようでした。他の人と違うということを、細かく気にする年齢でもあったせいか、存在感そのものが他と全然違うこのおばあちゃんは、なんだろう、と思いました。

＊＊

『甘い泥』は、終わりに近づいてきます。というよりも、ドビールの母が、何かの限界に近づいているようにも見えてきます。

ここで見るキブツの日常は、私には想像もできない日常でした。それは、キブツでの記憶を変えることはありませんが、この映画は、キブツにも外の世界と同じように、色々な顔があるのだろうと思うきっかけになりました。

ひとりの女性の膿みがあらわになっていく姿。誰もがそれを見ているような、起きていることを把握しているような気になる様子。それとも、把握していたい気持ちと、本当にはできないことの恐さを感じている。そして、ミリの膿みは噴出しつづける。

今、隣りの家に、そういう女性がいても、その人に気がつかずに日々を過ごし、たとえ気がついてもたいていの場合、何もできずに日々が過ぎていくかもしれません。

映画を見ていたら、膿みをさらけだすことができる環境、家の外にまではみ出す膿みという面で、何かとても特別な環境だと思えてくる。

実家には、人がよく出入りしました。何日も何週間も、なかには何ヶ月も家に泊まる人もいましたが、平穏に時間が過ぎていく方が珍しかった。家族だけでもごちゃごちゃして、それぞれの気持ちとリズムがあるのに、人が加わると、混沌とした空気がぐんと深まることもありました。泊まっている人は、外の世界で起きたことをまるまる家のなかへ持ってきて——それが一部だったのだとしても、まるまるに見えた——時には朝まで相談したり、わんわんわめきながら何日も家で過ごす人もいました。私ができることといったら、休むための部屋を貸すくらいでした。あとは、いつもと同じような夜を過ごし、宥める母や父の言葉と、苦しい声をあげる人の言葉に耳を澄ますことしかできませんでした。幸い、あまりに未熟な年齢で、その場にいても、誰も私に意見を求めませんでした。聞いていないようで、本当に何も聞いていないときもあったけれど、時々聞きながら、大変そうだなあと思いました。それは、何が、誰が、正しいとか正しくないではない世界に見えました。家に来ていた人は、最後に残った〝苦しい〟だけを持ってきていた。途中のつぶつぶやぶつぶつ、ぐちゅぐちゅは本当は、もう、その瞬間ごとに消えてしまっている。

そうはいっても、家にいた人に共通したのは、みんな〝わけ〟があるということでした。私にでも分かるような、種。

でも世界には、種が見えなくて苦しんでいる人がたくさんいるのではないか？　と感じることがあります。種に見えるものは、実は本当の種ではないこと。それに、空気が美味しいとか、濁っている、空気に酔っ払う、というけれど、ほんとうに、今という空気だけで苦しくなることもあるのでは？

はっきりした原因があるように見えて、そんなにはっきりしていないこともあると思うのです。一見こうだと思ったものではない部分。もっと、根が深い。まるで、いまの社会そのもの。すかすかのようでいて、根が深い。もっとすかすかになりたい、という気持ちがあるのではないかと思うことがあります。

マヤが真っ赤なキャンディーを、ドビールに手渡す。マヤのふっくらした唇が、キャンディーで赤く染まっている。このキャンディーは、これ以上無理、というときの飴だと、フランスにいる父に手渡されたと言います。

秋、冬、春、そして最後にまた、夏がやってくる頃に、映画が終わる。

夜、煌々と光る満月が、夜明けとともに少しずつ見えなくなるように、ドビールの前から母は、そこにいながらどんどん薄くなっていった。生命が薄くなり、そして、目に瞼がかぶさり、下ばかり見ていた。それでも、ドビールの目は大きく開いた目を一度も閉じずに、常に母を見た。

キブツは、独特の集合体と見ることもできますが、生きるうえでのもうひとつの形にも見えます。

男の子にとって女の子が光だったように、そして、女の子にとっても男の子が光だったように、どんな状況にいても、一点の光さえ見失わなければ、そしてどんなおぼろげな光でも、存在していればどうにか生きていけるのかもしれません。なんで生きているか、ということもありますが、ここにいるんだから生きる、ということそのものに興味があります。普段生きていて、愛の意味も、平和の意味も、優しさの意味もあまり分からないけれど、光のあたたかさを感じるとき、それらの意味がなんとなく感じられ、やっぱり、大切なものなんだと分かる。

舞い込んできたひとつひとつの何かが積み重なっていき、だんだんと重たくなるかと思ったら、急に軽くなったり、ふいに涙が溢れたり、太陽の光に当たりたくなったり、きょうの月の形はどんなでしょう、と、真夜中に外へ出かけたくなったり。人生の重みや軽さを、いろいろなかたちで調節しながら生きている、ということが、今、ここにいながら幻のようにも感じられます。身のまわりで起きていることは、いつも鏡のように、自分自身を映しだしているかのようです。いろいろな方角から差し込む出来事が、鏡に反射して、目の前を眩しくさせます。

＊キブツ　もともと農業共同体として始まり、イスラエルのあちこちに点在し、私有財産を持たずに、運営、生産、教育などを共同で行なう。

＊『甘い泥』　二〇〇六年。イスラエル・日本NHK。二〇〇七年のサンダンス映画祭で審査委員賞受賞。一九六七年にテルアビブで生まれたドュロー・シャウル監督自身が、七〇年代にイスラエル南部で少年時代を過ごしたキブツを舞台にした。

＊プリム祭　ユダヤ暦のアダルの月（二月、三月に相当）の一四日に行われる。子供も大人も仮装し賑やかに浮かれ、シナゴーグで『エステル記』を朗読。エルサレムがバビロニアに滅ぼされ、多くのユダヤ人は捕囚となってバビロニアへ移住。さらにユダヤ人は、バビロニアを滅ぼしたアケメネス朝ペルシャに支配される。ペルシャの高官ハマンはユダヤ人虐殺を企てるが、神の意志をうけた女エステルによって阻まれハマンは処刑された。戦いが終わった日が祝日とされた。子供たちはハマンの名前が読まれるとオモチャで騒ぐ。

Ⅵ章　バールミツバ

朝早く起きて、*シナゴーグへ出掛ける。

女性は正面から入ってはいけないことになっているので、裏口からこそこそ列になって入る。

小さな部屋の真ん中に、勉強机が何個も寄せて集められ、大家族のダイニングテーブルほどの大きさになっている。厚い本が一冊、テーブルの端に置かれ、部屋に差しこむ僅かな朝の光を浴びている。その他には何もない。誰かが、ここは学びの部屋、イエシバだよ、と教えてくれた。

これまで本でしか読んだことがないイエシバだと思うと、通り過ぎていくのはもったいないような気がしたけれど、そのまま前の人に続いて祈りの部屋へ向かう。帰りにゆっくり見よう、もうガルの*バールミツバの前日祭がはじまる時間で、ただでさえ遅刻していた。

女性は祈りの場に入ってはいけないので、脇の少し高台になった部屋から、男性の祈る姿を見る。ここにも勉強机が並び、机の上には、厚い本が何冊も積まれている。

祈っている男性は、神さまと繋がりやすくなるための角や、腕の巻物、今にも床に届きそうな、白地に太い紺の線がはいったスカーフなどを巻いている。

毎朝祈りにくる人々のなかにガルやモシェや親戚が混ざっている。どの人も机の上には開いた聖書を置き、歌うように読んでいる。体は言葉のリズムに合わせて、前後ろに揺れて常に動いている。

女性は、全体の流れが把握できないから、これからこうなるんじゃない、とか、ほら、いよいよガルが読むんじゃないの、と噂しはじめている。

突然ガルが呼ばれ、真ん中の机に誘導される。すると、カーテンの奥から大きな本を抱えた男の人が現れ、ガルの目の前にその本を置き、ページを慎重に開く。ページを捲る人、捲られたページを受け取る人、その横で見守る人、彼らにとって、貴重なものを扱っているのが分かった。

みんな同じような格好をしているのに、どうやってこのなかからラビを見分けるのだろう？　あれこれ質問しても、誰も知らなかった。

きっと、アイザック・バシェヴィス・シンガーが生まれ育ったポーランドでは、もっと素朴で小さな祈りの家だったのだろう、とか、このなかの誰かがラビで、そのラビも、物語のなかに登場するラビと同じように、人々に不思議な知恵を教えているのかもしれない、と想像ばかりふくらんでいく。そのラビのもとへ、大家族のおかあさんが駆けつけてきて、何か家で起きたとんでもない出来事を相談するのだろうか。

すると今度は、ガルを取り囲むように、さっきまで聖書を熱心に読んでいた人々が集まる。そして輪になると手を繋ぎ、いつも勉強をしている机の周りをスキップし、くるくる回転しながら歌っている。朝日なのに、細長い窓から差している光は西日のように、祝う人々を照らしている。

歌い終えると、輪のなかから若い男の人が、みんなに聞こえる声で話しはじめた。これでバールミツバという行事が終わるのではなく、今日から一人の人間として生きていく重みに責任をもたなければいけないこと、イスラエルが祝福されるためには、イスラエルの行いが良くならなければならないこと、エジプトではかつて水の問題などなく、行いを改めないと、イスラエルでは雨も降らなくなってしまう、ということを、言っていた。（他にも色々な話をしていたけれど、これくらいしか理解できなかった。）こうして、バールミツバの前日が締めくくられた。

日本や、イスラエルというかたまりとしての責任を感じることはできないけれど、人間まるまるひとりぶんの責任をイメージしてみた。自分の体のなかを隅々までエネルギーが循環し、光で満たされ……、それは熟れた果物みたいに、柔らかくてたっぷりしているイメージ。

本当の責任は、きっと、精神と肉体とがぎゅうっと一体となり、地球まるまる、宇宙の隅々まで飲み込むような総体的なものでなければ、ペロンとのせられた表面だけの責任なのではないかしら……とあれこれ考えていたら、もう、建物を出なければいけなくなった。

＊＊

バールミツバ本番の日。

この日もまた、まだ暗い時間に起きた。＊シャバット（安息日）なので自動車にも乗ってはいけないという。歩いて出掛ける。二十分ほど、舗装されていないような道路——それとも歩き馴れていない、かかとの高い靴を履いていたからそう感じただけかもしれない――を歩く。この日のためにあちこちから集まってきた親戚が、前方に列をつくりテンポよく進み、会話もテンポよく弾んでいる。

シナゴーグは、たったひとりしかいないガルを祝うにはあまりにも大きく見えた。シナゴーグなのに、建物が教会を思わせた。ここでも女性は祈りの場に立ち入ることができないので、階段をのぼり、脇の観覧席の一番前の列に座って下を覗き込む。まるで何かの試合を応援する体勢で、のめりながら下の階で何が起きようとしているのか見ているものの、よく見えない。だんだんと、二階の女性席は囁き声で満たされていく。この日は親戚だけでなく、友人も参加できる日なので、待つ時間が延びれば延びるほど人は増えていった。隣に座っていたおばさんは、シナゴーグのいいところは、女の人達がこの時間で情報を交換しながら、会話して待っていられることだという。彼女が住んでいるイギリスでも、週に一度はシナゴーグに行くのだという。ただ、祈りは同じ言葉を繰り返すことが多く、あれはどうかしら、と、もっと世間話のように、テンポよく次から次に祈って欲しいという様子で口をすぼめている。とても上品な女性で、どんな世間話も凛と話し、こっちもしゃんとしないと、という気持ちがする。背が高くすらっとしていて、動きもしなやかで、目に留まる。見入っていると、紅茶を真っ白なシャツにこぼしたり、口に入れたはずのケーキが床に落ちていたり、誰にでも起きることが、彼女には起きないように思えて、たくさん起きていることに気がつく。私が育った家では、起こってしまったことには、みんながみんなを巻き込んで、からかったり面白がったりしていたから、まわりに家族がいてもひとりシンと起きたことと向き合う姿は、珍しい生き物のようでもあって、見入ってしまう。

ガルが何ヶ月も練習してきた聖書を読みはじめる。

しばらくすると、二階席では楽しい緊張がはしり、いまだ！　と紙に包まれたキャラメルを、一斉に投げる！　こればかりを楽しみにしていた、という表情で、女性はみんな勢いよくキャラメルを投げている。距離もあって、力加減が摑めないのもあるけれど、何が起きているのか二階からはどうにも分かりかねる、あのむずむずした感じが、キャラメルを投げるタイミングに拍車をかける。投げるタイミングが違うという表情で、男の人の眉はハの字に曲がって困った顔をしているのに、女の人は、顔を隠しながらこそこそ笑っている。

高い天井、まだまだ入るぶかぶかのシナゴーグ、なんだかこのシナゴーグが好きになってきた。

町には小さなシナゴーグがところどころある。家の裏にもあったし、ちょっと入れば、通りには祈りの声が響いている、ということは珍しくない。人によっては毎朝通う場所だから、至る所にある。

見上げると、シナゴーグを作るにあたって寄付をした国の国旗が、天窓の円に添って並んでいた。きっと、ウクライナやポーランド、チェコの国旗もどこかに……このあいだ、東欧を巡ったときに通りかかったシナゴーグやなくなったシナゴーグのことを思いだして探してみるけれど、見当たらない。それとも、見えなかっただけかもしれない。

＊＊

ウクライナの田舎町で、地図上にシナゴーグと記されている場所へ地図のとおり行ってみると、そこは公園になっていた。きれいな人が、ここのシナゴーグはナチスに破壊されてしまってもうないのよ、と教えてくれた。そして、ポーランドの国境沿いに位置するリヴィウという町のユダヤ人は、ほとんどいなくなってしまったので、何軒かあったシナゴーグも、もう残っていないだろうと教えてくれた。

公園には木々が生え、ベンチには大人や若者が座り、走りまわる子どもや砂場で遊ぶ子どもを見ている。なんで観光用の地図には、シナゴーグの印があるのだろう……と思いながら公園を横切る。すると、公園に面したアパートに、文字が彫られたタイルが埋め込まれている。さっききれいな人に聞いた話が、もっと具体的に記されている。ここにはシナゴーグが建っていたこと、同じ敷地内には聖書を学ぶ部屋があったこと、十七世紀に建てられたこのシナゴーグは、一九四一年八月に、ナチスによって破壊されたこと。二枚の大きなタイルに、文字は彫られている。右側はヘブライ語、左側にはウクライナ語かロシア語で彫られていて、まるで大きな本の一ページが見開いているようだった。

陽ざしは暑いのに、寒気がして、ひょいと公園を跳び出して通りの向こうから公園を眺める。公園全体を大粒の木漏れ日が覆っている。この何十年も、太陽はその土地土地で起きたことを浄化しているけれど、私の浄化は、まだ始まったばかりだった。

町の中心に向かって歩きはじめる。ぼおっとしていたら、徐行しながらカーブを曲がる車にも気がつかず、コンと後ろから、大きいけれどすかすかした車が抵《あた》ってきた。なんともなく、そのまま何かの入り口へ流れ込むと、そこは市場だった。何もかも山積みにされ、ドライフルーツから靴下まで揃う市場。

文房具を売る屋台で、緑色のプラスチックのフレームに入っているマリア様が目に入ってきた。音をたてて出てきたポラロイドほどの大きさのフレーム。手にとって、近くで見る。するとマリア様の肩に、小さな金色のダビデの星が添えられている。十字も、ダビデの星も、首からぶら下げることはないけれど、そのどちらもいっぺんに持ってしまいたいような、ごちゃっとしたものを、私は持っていると思う。人はそれを聞いたら怒るだろうか？　何もかも、一緒に手を繋いでにっこり笑う必要はなくても、同じ土地の上でそれぞれの場所をもち、ひとりの人間としての心配事や悩み、そして何よりも、喜びをもつことを、許されていると感じる。友人の顔が思い浮かび、身動きしないフレームを、マリア様が好きなその人に買う。

シナゴーグ。ふと隣りに座っている人の囁き声。リナが来たよ、と誰かがとんとんとん、と肩をたたく。リナは、子守りとしてほとんど毎日タミの家にやってきて、仕事で出掛けている両親に変わって、幼いガルの面倒を見た。イスラエルでは裕福な家庭じゃなくても、週に一度家を掃除しに誰かやってくる、子守りがいるというのはごくふつうのこと。

リナはアラブ人。数年前までタミの家を行ったり来たりしていた頃はご飯まで作り、アラブ料理をたんまり作って帰っていった。そのご飯はあまりにも美味しくて、出来上がったらすぐに味見できるように、よく妹とふたりで台所をうろうろしながら、リナがテキパキと動く姿を眺めた。特別に好きだったのは、カリフラワーを揚げたもの。柔らかい衣が付いていて、これだけで十分、という美味しさだった。

シナゴーグで、リナに会えるとは思っていなかった。目が合うと、変わらない笑顔でにこっとして、頷いた。これがいつも、リナのこんにちはだった。

真夏なのに、シナゴーグのなかはひんやりしていて、手足が冷たくなってきて、もう帰る頃だと

履きかえた平らな靴と、ガルのバールミツバへやってきたネコ

いう感じがする。大きなこのシナゴーグに来れてよかったと思いながら、意識のどこかで幕を閉じはじめている。私の無知や軽薄さを、物や人で埋まっていないシナゴーグの空間が、大切なものを差し出すかのように剝き出していて、なんだかありがたかった。

儀式が終わると、祈りの会場の端っこで、テーブルに用意されたおやつを食べながら男性も女性も同じ場所で立ち話をした。もう、お昼になろうとしていた。

これが終わると、この場にいる百人前後の人々はタミの家に移動して、パーティーを続けることになっている。人々を迎え入れる準備のためにみんなよりもひと足早く、家に戻る。

家に到着すると、手を洗うよりも前に、平らな靴に履きかえる。

＊シナゴーグ　ユダヤ教の会堂。もともとは聖書の朗読と解説を行なう場所。現在では祈りの場であると同時に、ユダヤ人の結婚や教育の場、また文化行事などを行なうコミュニティーの中心的存在。
＊バールミツバ　ユダヤ教で男子が成人する日。97ページ参照。
＊安息日　旧約聖書で週の七日目と定められており、実際には金曜の夕方から土曜の夕方。ユダヤ教徒はこの日には何もしてはならない。

Ⅶ章　ネリー・ザックスの光

「いま」という言葉はありふれていますが、今じゃない時間への執着が、この世界を大きくかたどっているように思うことがあります。

ある一文を読んで、腑に落ちるものがありました。自殺をする人は、記憶のなかに閉じ込められているというものでした。「記憶に閉じ込められて、死を選択せざるをえなくなる」というのです。私はなぜかはっとしました。命を自ら絶ちたいと思ったことはありませんが、小さい頃から、なぜ人は自殺するのかということをとても謎に思っていたので、命を絶つ人の気持ちがどこからくるのかを考えてみることがありました。人それぞれ理由は違っていても、根本に横たわるものがあるのではないかと思いました。小さい頃の私の結論は、いつも自分を見つめてくれている、もう一人の自分が見えなくなってしまったんだというものでした。つい最近までそう思っていましたが、「記憶のなかに閉じ込められている」というのは、まさにその根本だと思いました。そしてそれは、大きな範囲にまで及んでいると思いました。国、民族、家族、人間関係、あらゆることにあてはまるような気がしたのです。

星は見えているけれど、それは何千年も前の光らしい、そうしてその星が夜になると、光って見えている。そしてそれは人間にとって「いま」ということ。

石をつけた音符
地球の重い時間がめぐる

そして夜よりも漠と生育は行われる
パンは空よりも遠い味がし
預言に溢れて空はきらめく

＊＊＊

そこにあなたは横たわる
朝焼けに撃たれて
夜に
あるいは地球のもうひとつ別の翼に撃たれて

あなたのなぜという問いは
聖なる書物のなかに忘れられ
顎は謎の部屋のなかに沈んだ

未来は
緑の化石
無限の岩にひそんでいる

さようならと煙は言う
そうして焼け失われたものをかたどる

『わかれなさい夜よ』より

この詩は、*ネリー・ザックスというドイツ系ユダヤ人の女性によるものです。

第二次世界大戦時、ナチス政権から逃れるためベルリンからストックホルムへ亡命しました。

ネリー・ザックスは〝黒い網がわたしのまわりに張りめぐらされています〟という表現を、*パウル・ツェランとの往復書簡で使っています。詩や人との手紙のやりとりを通して、綴られた言葉によって、戦争中や戦後の苦しみがどんなものであるのか、ひとりの人がもつ穴の深さを、時に共有することができても、他人にはその穴のなかのなかまで、入っていくことが難しいのだと感じます。

「わたしの胸のうちには、私たちが携わっている仕事は、犠牲者たちの灰の苦しみを身に徹して知り、その灰を霊化することだという信仰が、昔も今も、一呼吸ごとにうずいています。わたしは、この暗い営為を刻むことができる目に見えぬ宇宙があることを信じます。わたしは苦しみの石を音楽に変えて昇天させることのできる光のエネルギーを身に感じます。」

詩や手紙の内側から漆黒の波が押し寄せ、そのなかを金色に光る魚が静かな波をたてながらどこか遠くに泳いでいく。生活の苦みや、ささやくように現れる色のなかに生きる詩人としての女性のシルエットが、遠くのほうで霞んで見えます。もし私が「いま」というところに立っているとしたら、ネリー・ザックスの詩はここから見える星々のように輝いている、と思う。

詩の中に「石」という表現がたびたび使われている。

孤児となったわたしたち
わたしたちは世界に訴えます――
みんなは私たちの大枝を切り落して
火にくべました――
みんなはわたしたちの保護者を薪にしたのです――
わたしたちは孤児となって人けない野辺に寝みます
孤児となったわたしたち

わたしたちは世界に訴えます――
わたしたちの両親は夜になると私たちと隠れん坊をします――
夜の闇の襞のうしろから
両親の顔がわたしたちを見つめます。
両親の口は語ります――
わたしたちは木樵の手にかかって薪にされました
でもわたしたちの眼は天使の眼となって
あなたがたを見ています
夜闇の襞の隙間から
わたしたちの眼は見つめます――
孤児となった私たち
私たちは世界に訴えます――
石ころが私たちのおもちゃになりました
石ころには顔があります　父や母の顔です
石ころは花のように萎みません獣のように噛みつきません――
石ころならストーヴにくべても薪のようには燃えません――

孤児となったわたしたち　わたしたちは世界に訴えます――
世界よ　あなたはどうして私たちのやさしい母を奪ったのです
父を奪ったのです――ねえ、お前はわしそっくりだね！　と言ってくれた父を
孤児となったわたしたち　もうこの世界には私たちにそっくりの誰もいません！
おお世界よ
わたしたちはあなたを訴えます！

『死の家の中で』より

石ころの形や大きさや光沢や模様にうっとりしながら、それをポケットやスーツケースの洋服の間に挟んで持って帰ることはよくありますが、石ころを、このように見つめたことは、これまで一度もありません。

戦後も、ネリー・ザックスには不安と恐怖の〝黒い網〟が張りめぐらされていました。〝無線による監視〟をネオ・ナチから受けているという妄想からくる恐怖（一九六〇年春、ストックホルムで、反ユダヤ的な文書がこれまで以上に出回ったという現実的根拠もあったそうです）。

反ユダヤ主義は、ナチス以前にも、ロシアやポーランドなど各地であったという。その迫害の頂点にはナチス政権によるユダヤ人迫害があるといえるかもしれません。

書物をはじめとするユダヤ文化のあらゆるものを燃やしたのが始まりでした。「本を焼くものは、遅かれ早かれ、人を焼くことになる」。いつか読んだハイネの言葉を思いだします。その言葉は、ナチス政権下で現実となる。

二〇〇八年末から二〇〇九年にかけて、イスラエル軍がガザ地区に侵攻したニュースを見たとき、画面にはイスラエル軍が爆撃した学校が映っていました。生き延びた子供たちは泣きながら、教育がたったひとつの希望なのに、それまで奪われてしまったと、カメラに向かって言いました。そして書物まで焼くことはないだろうと、途方に暮れた表情を浮かべていました。

**

映画祭で、何本かのパレスチナフィルムを見る機会がありました。

その内の一本に『ハイファ』（一九九六年）という映画があります。

ハイファはイスラエルの地名でもありますが、映画の設定では主人公の名前になっています。イスラエル在住のパレスチナ人、モハメド・バクリが演じるハイファは「ヤッフォ、ハイファ、アッカー！」と現在イスラエル領になっている町の名前を叫びながら歩き回ります。舞台はガザ地区の難民キャンプです。

一九四八年のイスラエル建国と、パレスチナ難民の発生を、パレスチナの人々は「ナクバ（大惨事)」と呼びました。

ハイファはナクバを体験して以来、頭の成長が止まりました。教室にひとりはいる男の子のように落ち着きがなく、大きな声で叫び、そして、身体の動きは驚くほど豊かですが、からっぽな表情を浮かべています。はじめて見るモハメド・バクリの演技は、演じることそのものを超えているようにも見えました。とにかくハイファから眼を離せなくなりました。

ある一家が登場します。父は警官を辞め、綿飴屋をはじめました。鮮やかな荷台で移動しながら「少女の髪のような綿飴はいかがー」と売り歩いています。綿飴の色は、驚くほどのピンク色。ある日、父が倒れます。そして半身不随になって、家の外へ出られなくなってしまいます。娘と息子にはそれぞれ抱える思いや秘密があり、母はその真ん中で柱のように強く見え、ときどき、誰より寂しくも見えます。そして生活のふしぶしに、ハイファはみんなの合間を縫うようにして現れる。

映画を見終えると、たまたまトークショーがあり、日本に来ていたラシード・マシャラーウィ監督のお話を聞くことができました。

イスラエルとPLO(パレスチナ解放機構)のあいだで結ばれた、一九九三年のオスロ合意*が映画の背景にあるといいます。ヨルダン川西岸とガザ地区でのパレスチナ自治政府による暫定自治、両地区からのイスラエル軍の撤退、パレスチナでの自由な選挙の実施など、和平を目指してとりきめたのがオスロ合意でした。

しかし難民キャンプのパレスチナの人々は、生まれ故郷に帰りたいから難民キャンプにいるのに、オスロ合意の後も帰ることができないということに気がつきました。映画では、状況が何も変わらないなかでの混乱が描かれている。子供たちがハイファのまわりに集まってきて、壊れて動かなくなった車に一緒に乗って、どこかへ向かっているように見える場面。どこかへ戻ろうとするパレスチナ人の象徴的な存在を、ハイファを通して映し出したかったと、マシャラーウィ監督は言います。

人々の混乱は、ニュースで伝えられるほどあちこち飛び散っているものでない場合がある。静かで日常的な混乱ほど、表には出てこないのかもしれません。同じくマシャラーウィ監督の『外出禁止令』（一九九三年）という映画からも、その静かな混乱を窺うことができます。イスラエル軍による外出禁止令が出ているあいだ、家で待機している家族の物語。

その数日間で隣の家の赤ちゃんが生まれ、食料が減っていく様子、ずっと家に籠っているという風通しの悪さ、外のイスラエル軍の様子を天井の小さな穴から覗く次男の姿。どうなるのか、という空気そのものが描かれている。アラビア語の原題は、『次の指示があるまで』になっている。

これは、監督自身の経験から生まれた映画なのだといいます。かつて二ヶ月間の外出禁止令が出されたときに脚本を書き、知り合いのつてをたどってみかん箱のなかに隠れ、町の外に出て映画を撮ったそうです。

マシャラーウィ監督は、自身の両親の話もしました。両親はもともと[*]ヤッフォに住んでいたけれど、一九四八年に、三週間で戻ってこられると言われてガザに移ったものの、結局ずっと戻れず、そこで亡くなったといいます。

〝待っている〟なかで営まれる日常を描いた「物語」。現実そのものよりも時には紡ぎだされた物語のほうが、現状を映し出す可能性を秘めていることをあらためて、感じる。

＊＊

戦争と平和、憎しみと愛《いつく》しみ、悲しみと喜び――これらの芽生える中枢は、どんな勢いで右へ左へと分かれるのでしょう。

先日、イスラエルに住む友人から一年ぶりにたよりがありました。

もう冬の終わりを感じるけれど、今年は冬が来たことも感じないくらい雨が降らなかった、といいます（イスラエルでは夏はほとんど雨が降らず、冬に雨が降ります）。そしてキネレットの水が無くなりそうだというのに、草が芽を出し、花が辺り一面を覆っている。アーモンドの薄いピンクの花が咲きほこっていて、風が吹くとそこらじゅうを飛ぶ花びらが、雪のようだといいます。そして飛び舞う花びらは、きっと日本の桜のようにちがいない、と。友人は日本を訪れたとき、桜が咲くのを心待ちにしながら、日本のあちこちを巡っていました。気がつくと、桜が咲くほんの少し前に帰国してしまいました。お金が尽きたのと、東京の騒がしさに、しょんぼりしはじめていたからだった記憶があります。きっと桜の花を誰よりも喜んだはずなのに見られなかった友人に、奈良で撮った、満開の桜の木の写真をおくりました。

イスラエルの気候や、そこで実る果物や木の実は、私の体によく染み渡ります。暑い夏に訪れると、食事よりも、熟した果物のほうが喉を通ります。絵に描いたような、淡い色彩に覆われていて、大地そのものが私たちよりも長く生き続けることを想像するのは、難しくありません。松の木や、梅の花のようにしっかりとした輪郭をもって、規則正しく並ぶ植物は少ないけれど、でも、その混沌と広がるものがかえって心地いいときもあります。

瞬く間に今は記憶となる。世界は記憶で溢れている。

マシャラーウィ監督は最後に言いました。「イスラエルとパレスチナの問題は、世界で見たら、とても小さな問題」。

オリーブの大樹

キネレット（ガリラヤ湖）からそう遠くないところ

起きたことと向き合うため、自分と向き合うため、もう一度繰り返さないため、忘れないために、語られること、語り継がれることもなかにはある。苦しい記憶にふれるたびに、それは一度からだの奥に沈んでいく。

　地上の様々な美しいもの、桜の木や雨粒や太陽の光、言葉や声、ここには書ききれない美しいものが、からだの奥深くに沈んだ苦しみを、喜びに反転させていいのだと教えていると感じる。

　枝葉に、はじめから太陽が存在したように、光を歩もうと思うと、そこにはすでに光がある。

　ネリー・ザックスののこした「光のエネルギー」を、今という時のなかで昇天させること。ここにいながら、「光のエネルギー」でからだじゅうをみたすこと。それはきっと、歴史をこえていくという橋、輝き。それは今という時のなかにすっくと立つ、エネルギーということなのかもしれません。

＊ネリー・ザックス　（一八九一―一九七〇）ドイツの詩人・作家。ユダヤ人迫害により一九四一年スウェーデンに亡命。自らの病や過酷な時代の体験から詩を生み出した。一九四七年処女詩集『死の家の中で』。一九六六年ノーベル文学賞受賞。

＊パウル・ツェラン　（一九二〇―一九七〇）当時のルーマニア現在のウクライナ出身、ドイツ系ユダヤ人の詩人。ユダヤ教徒の家庭に生まれ、ナチス・ドイツの侵攻により両親とともにゲットーへ移住。両親ともに収容所で死去。ツェラン自身も強制労働に狩り出された。イスラエルへの旅から戻った後、パリにて入水自殺。『骨壺からの砂』『閾から閾へ』『迫る光』『雪の部位』詩論に『子午線』。

＊オスロ合意　一九九三年にイスラエルとパレスチナ解放機構（ＰＬＯ）の間で同意された一連の協定。ノルウェーのオスロにてイスラエル・ラビン首相とＰＬＯアラファト議長はクリントン米大統領の仲介により握手した。しかし一九九五年一一月、テルアビブで催された平和集会に出席したラビン首相は、和平反対派のユダヤ人青年により銃撃され死亡。

＊ヤッフォ　紀元前一八世紀にも遡る、旧約聖書にも登場する古い港。テルアビブの中心地から徒歩で一時間。二十世紀初頭、ヤッフォの北の砂漠にヨーロッパから少数のユダヤ人が入植したのがテルアビブの始まり。

イスラエル年表

1933年	1月	ドイツでナチス政権誕生
1939年	9月	ドイツ軍ポーランド侵攻、第二次世界大戦勃発
1945年	4月	ヒトラー自殺
1947年	11月	国連パレスチナ分割決議案
1948年	5月	イスラエル誕生、第一次中東戦争、パレスチナ難民発生
1956年	10月	第二次中東戦争
1967年	6月	第三次中東戦争
1969年	2月	アラファト、ＰＬＯの議長に就任
1973年	10月	第四次中東戦争、第一次オイルショック
1979年	3月	イスラエル・エジプト平和条約締結
1982年	6月	レバノン戦争
1987年	12月	第一次インティファーダ（パレスチナの民衆蜂起）
1989年	11月	ベルリンの壁崩壊
1991年	1月	湾岸戦争勃発
	12月	ソ連崩壊
1992年	7月	ラビンが首相に就任
1993年	9月	オスロ合意締結
1994年	10月	イスラエル・ヨルダン平和条約締結
1995年	11月	ラビン首相暗殺
2000年	9月	第二次インティファーダ
2001年	3月	シャロン政権成立
2001年	9月	9・11事件
2002年	3月	イスラエル軍パレスチナ自治区侵攻
2003年	3月	イラク戦争勃発
2004年	11月	アラファト議長死去
2005年	9月	イスラエル軍ガザ撤退
2006年	7月	イスラエル軍レバノン侵攻
2008年	12月	イスラエル軍ガザ侵攻
2009年	1月	ガザ停戦、オバマ大統領就任
2011年	9月	パレスチナ国連加盟問題

Ⅷ章　日記　前篇

イスラエル到着の日

イスラエルに到着したのは、深夜をまわる少し前でした。

ゴーンと飛行機が着陸する音と振動で、私は拍手したい気持ちに駆られました。何年か前まで、イスラエルに到着すると、機内で拍手が湧きおこりました。十年以上前は歌をうたう人もいました。着陸した瞬間を祝うあの機内の雰囲気が好きで、いつもまざって拍手をし、その音に嬉しくなりました。このまま、あの音を聞くことがないかもしれないと思うと、なんだか惜しいものを失うような気持ちがしました。

荷物を受け取り、空港内の両替所で日本円をシェケル（イスラエルの通貨単価）に取り替えてもらう。外では、一足先にイスラエルに着いていた母と妹、そしてこの地で暮らす母の妹のタミ、旦那さんのモシェ、一人息子のガルが、またいつものように待っていてくれた。

テルアビブの市内へ向かうと、以前より道路が滑らかでした。気のせいかと思いましたが、道路の他にもいつもと何かが違いました。運転してくれているモシェに聞いてみると、ここ数年で高層ビルがすごい勢いで建っているのだといいます。いつもだったら作りかけの物がごろごろ転がっている道路へ視線が向かうのに、遠くのビルばかりに目がいって、知らない街にでも来たような、浮いた気持ちになりました。

しばらく走ると、コルボシャロム（シャローム・タワー）へ差し掛かります。海の匂いもしてきて、よく知っている景色に移り変わっていきます。ここからタミの家に行くには一本道なのに、一方通行なので細い裏通りを細かく曲がっていかなければいけません。

暗くて、時間も遅くひとけもあまりないけれど、知らない誰かの家のフェンスから大きな茂みが溢れて、街灯に照らされている。知らない人の家の開け放たれた窓のカーテンが、部屋の明かりにあたって、ぼおっと光っている。

家に到着すると、ツィビが飛び込んできました。しっぽを左右に振って、ベロをたらして、荒い呼吸をしています。

タミが作ったアップルケーキをテーブルに出してくれました。砂糖はブラウンシュガーだし、小麦粉は全粒粉だから、健康的だと言います。もう深夜を回って、いまにもソファーの上で眠ってしまいそうなので、ケーキは翌日食べることにしました。お湯にフレッシュミントの葉を入れて、飲みました。

隣でケーキを食べる音がしてくると、柔らかい口当りの音の合間に、じゃりじゃりと、とても小さな音が聞こえてきます。どうやら砂糖が溶けていないようです。それともそういうケーキかもしれません。

タミは、何度か病気を繰り返してから、タバコを止め、毎日水のように飲んでいたミルクと砂糖の入ったコーヒーの砂糖を抜き、飲む量もだいぶ減らすようになりました。その頃から、白く漂白されたものよりも、茶色いままのものを食べた方が、という母や友人の話に耳を傾けるようになりました。茶色い材料で作ったものは、馴れないものを触るような手付きになり、いつもほど美味しくないかもしれない、という感じでテーブルに差し出してくれます。

こうして何日かみんなで一緒に生活をしても、母とタミが姉妹であることを、忘れてしまいそうなほど、二人は違います。それでも、ふとした瞬間にそれぞれの流れが同じ方角を向くことがあります。そんなとき、ふたりのお母さんであり、私のおばあちゃんであるサフタを思いだします。サフタに育てられた空気そのものが、そこを流れだす。

今回はいつもより人数が多いので、私はすぐ近くのホテルに泊まることになりました。

到着する前から皆で下見をして、予約しておいてくれました。一五〇年ものあいだ建っている古い建物で、母はひと目見て気に入り、きっとホテルを気に入ると思う、とか、気に入るといいなと言いました。一緒に見に行った友人には、すごくいい所だけどあれはホテルじゃなくて、ホステルというんじゃないの、と、言われたそうです。

車のライトで建物は白いことが分かりました。荷物を降ろしているうちに目が慣れてきて、向かい側の教会の窓の縁や、屋根の一部が見えました。

貰っていた鍵で裏口から入り、大きなスーツケースをなるべく階段に当てないように、音をたてないように、三階まで上がりました。建物のなかは他に誰もいないと思うほど、静まり返っています。真っ暗な廊下を抜け、泊まる部屋のドアの前に立ち、手探りで廊下の電気のスイッチを見つけ、パ、微かに明るくなり、ドアを開けてなかへ入りました。

天井が高く、細いベッドが二台並んでいます。ベランダからは夜のテルアビブが見えます。斜め向かいの廃墟に女の人がふたり忍び込み、なかから細いライトがこっち、こっちというような合図をして光っているのが見えたので、そっと部屋に戻りました。タミが、あの廃墟はテルアビブでもっとも古い建物だと言います。

部屋のわりにシャワー室が狭くてびっくりする。シャンプーもリンスも石けんもなかったので、水浴びだけして、寝る。

二日目
朝六時に目が覚めました。鳥の鳴き声が外から、とめどなく聞こえてきます。大きな木の扉を開けてベランダへ出てみると、まだ日が昇っていません。北の方角に、コルボシャロムが見えます。しばらくベランダの椅子に座っていると、少しずつ日が昇ってきて、ベランダのタイルや、向かい側の建物をだんだんと明るくしていきます。鳥がときどき、ひゅーんと飛び抜けていく。
眠っていたテルアビブの小さな一角が、だんだんと動きはじめる。一番はじめに動きだしたのは、大きい声を出して歩く中年男性です。向かい側のマンションの周りをぐるぐる歩いています。

犬を二匹連れた長いカーディガンを着た女の人が、ホテルの前を通り過ぎると、さっきのおじさんと爽やかな挨拶をして、おじさんがぐるぐる回るマンションの、すぐ隣のマンションへ入っていきました。

気がつくと八時を過ぎ、朝食の時間も終わってしまったので、タミの家へ向かうことにしました。昨晩ほとんど見えなかったホテルは、一五〇年ものあいだ建っているとは思えないほど、さっぱりしていました。部屋のドアがどこも二メートル以上ありそうなくらい高く、てっぺんがカーブしていて、赤いペンキで縁取られていました。廊下の壁にところどころに絵が掛かっていて、眺めながら正面玄関に向かう。

食堂を通ると、ブッフェ形式の朝食を女の人が片付けているところでした。日本から来たのですか？　と聞かれ、そうですすと答えました。

どこの人だろうと思い、出身を訪ねてみると、北朝鮮から来ていて、ここでボランティアとして働いているのだと言います。

食堂に掛かっていた無花果の実と葉がたっぷり生っている絵に見とれ、それから、正面玄関を出ました。

目の前に「ザ・ガーデン」と小さな看板が出ていて、庭を一周してから、昨晩、真っ暗でほとんど見えなかった教会の前で立ちどまりました。ステンドグラスは何匹もの長いみみずが交差してい

泊まっていたテルアビブのホテル　朝のベランダ

ホテルの中二階から見える海

るような不思議な模様。粗いタイルのような壁面に、時計の針と数字が直接付いていて、屋根は、薄いオレンジ色のレンガ。

歩き出すと、ふと、橋の上を歩いていることに気がつきました。橋の真ん中から下を覗き込むと水はなく、からからに乾いています。水のない溝の両脇には家が建ち並んでいます。溝のなかから家の方へ向かって、いろんな植物が根を這って勢いよく育っていました。あとで分かったのは、この溝には、ヤッフォからエルサレムを結ぶ電車の線路が通っていたそうです。

橋を渡ると、途端に見慣れた景色に変わりました。

スザンダラル（スザンヌ・デレール・センター）の中庭を通り抜け、スザナという時々訪れるカフェの前まで来ました。大きな木が、お店の屋根であるかのように豪快に伸びている。もし開店していたら、朝食を食べたいと思って遠回りしてきたけれど、まだ、開いていませんでした。

途中、自然食品屋が開いていたので、立ち寄りました。タミの家に持っていこうと思い、胡麻とクルミと蜂蜜がぎっしり詰まった小さな四角いクランチのようなものを、袋いっぱい買いました。待ちきれず、道のほとりを歩きながら食べると、クランチにしては柔らかい、胡麻菓子でした。美味しいので、何個か食べてしまう。

タミの家に到着すると、ツィビがまた飛び込んできます。薄い肌色の毛が生えた、たくましい大きな犬。

母と妹は胡麻菓子に夢中です。母が時々おやつに作ってくれた、セサミケーキと呼んでいたものに似ていたからかもしれません。食感は違うけれど、ちょっと懐かしい味がします。学校から帰ってきて、セサミケーキがテーブルの上に置いてあると、私と妹は夕飯を食べないでセサミケーキでお腹いっぱいにしたいと思うほど、あのごはんのようなケーキが好きでした。

すぐに出掛け、近くのカフェでお茶をしていると、通りかかる人の話し声のなかにフランス語も時々聞こえてくる。ここ何年かで、ユダヤ系のフランス人が移住してきたり、別荘を持ち、訪れる人が増えているのだそう。

学校をさぼってまだ眠っているガルを起こして、ディゼンゴフセンターへ向かいました。

シューク（市場）を通り抜けながら歩いて向かう。

両脇に山積みされた野菜やフェンネルやバジルやパセリなど、日本では小さなパックで売られているフレッシュハーブが、摘みたての花束のようにうわっと並んでいます。こんな市場が家の近くにあったらどんなに楽しいだろうと、毎度同じことを思う。市場で一番の目当てである果物は、暑い季節の方が生き生きしていることに気がつく。

市場の終盤へ差し掛かると、突然衣類や化粧品、ゲームや文房具、調理器具などなんでも並びます。通り道がさらに細くなり、洋服や下着が両脇にぶら下がる間を抜けると大きな交差点に出ます。

そのまましばらく歩いて行くと、ディゼンゴフセンターに到着します。ここへは幼い頃から時々やってきました。訪れるたびにビルが少し小さくなったような気がしますが、今回もまた、気のせいだと分かっていても、以前より小さくなっていました。周辺で自爆テロがあって以来、入り口で荷物を確認するようになりました。頼りなく鞄の中身や感触を確認するだけです。

東京に表参道ヒルズが建ち、初めてデパートのなかへ入り、真ん中が筒抜けになっているのを見たとき、連想したのは、ディゼンゴフセンターでした。

ここのデパートでは、筒抜けになっている天井から太陽の光が差し込むので、閉鎖された空間のはずなのに明るく、その作りが、小さい頃から何となく好きでした。スパイラル状にお店が並び、斜面を登ったり降りたりしているうちに、何階にいるのか分からなくなってくる。

ペストリーでいっぱいの店で、翌日から何泊かさせてもらう一家に、ケシの実のおやつと洋梨のタルト、リンゴのタルトを買ってから、また同じ道を帰りました。

この日は、親戚の人々がやってくることになっていたので、準備を始めると、あっという間に皆がやってきました。

私にとっておじいさんであり、母にとっては父である、サバ（ヘブライ語でおじいちゃん）と奥さん（再婚しているので、本当のおばあさんではない）も会いにきてくれました。

人数のわりに、静かな会。ナッツやサラダやパンをつまみながら、話をしました。

そして、暗くなる少し前に、みんな帰っていきました。
サバの奥さんは毎回、両頬に合わせて三回、勢いよく挨拶のキスをします。タミは挨拶のハグとかキスとかが苦手で、そういったことをうまく避けます。片手でバイ、バイ、と掌を二度ほどグーにして、口をにんまりさせて挨拶します。私はタミの挨拶が、なぜだか好きです。
四月でしたが、七時過ぎに日が沈みました。

夜、宿に戻り、タミがくれた石けんやシャンプーをありがたく使いました。やっぱりシャワーは狭く、カーテンが水の勢いから起こる風でからだに引っついてくる。それを避けると今度は、からだが壁に引っ付く。

三日目

七時半、鳥の鳴き声で目が覚める。ベランダに出てみると、既に太陽が昇っていて晴れている。
朝食を食べに、階段を下る。奥の窓辺の席に座ると、昨日見とれていた無花果の絵が見える。遠くから見ても、やっぱりあの絵が好きと思う。他にも、同じ人による果物の絵が食堂の壁を囲うようにして飾られている
トマトやキュウリ、ゆで卵や、茶色いパンに白いパン、丸いパン、ヨーグルト、牛乳、グラノー

ラなどとてもシンプルなブッフェだった。私はグラノーラを食べる。前の方に座った男の子は、ゆで卵の殻を剝いて、フォークの背で卵をつぶすようにパンにのせ、ツナとチーズものせ、塩、胡椒をふってサンドイッチを作って食べていた。なんだか美味しそうだった。

食堂には何人か人がいた。おじいさんとおばあさん。それに前の日に挨拶をしたボランティアで働く女の人と、おそらく一緒に働いている人が、何人か座って話していた。それともう一人、水のように顔が透き通っている男の子。

屋上へ上がると、三六〇度、テルアビブが見渡せる。

南にはヤッフォの街と海が見え、手前には家が連なっていて、いくつもの屋根と、それ以上のレンガが並ぶ。屋上の反対側へ抜けると洗濯物が干されている。シーツや下着、スカート、Tシャツ、水着、ズボンなどが朝の太陽にあたっていた。

向かい側の教会が、てっぺんから一望できる。オレンジ色の屋根から、窓が突き出ていて、まるで物語に登場する小人が住んでいるかのような、小さな窓だった。

戻ろうとしたら、食堂で見かけた透き通っている男の子が、洗濯物を干していた。ブルージーンズに青いタオル、青いトランクス、青いパーカーなど彼が干していたものは全部青かった。

タミの家から、母と妹とタクシーに乗って街の北に位置するヤルコン川沿いの公園に向かう。小さい頃よく訪れたパーク・ハ・ヤルコン。住宅街を抜け、うす桃色の花を咲かせた木々のあいだを通る。木の名はキネレットなのだと運転手さんが教えてくれた。

公園に到着すると、紫色のパーカーを羽織った静かな人影が見えてくる。ニツァンは太極拳のレッスンを終えて、残っている生徒二人と話している。前回訪れたとき、レッスンに参加させてもらったことを思いだす。

この日はニツァンの車に乗って、一緒に家まで帰ることになっていました。オレンジ、赤、ピンクと、グラデーションに繋るブーゲンビリアの前に車が停まっている。

テルアビブから少しずつ遠ざかっていきます。プレマとニツァンと、三人の息子が暮らす家に向かって、走っています。

途中ティッシュペーパーを買いに、アラブの街の市場へ立ち寄る。妹は、「肌を隠しなさい」と、母にスカーフを巻かれました。何もかもが目新しい観光人のような私たちをよそに、優しい眼で、そんなものが面白いのかいとニマニマしながら、ニツァンは値段を交渉してくれたりした。

スパイスが盛られ、ドライフルーツやバクラワ（アラブのお菓子）が並び、奥では長いワンピースと布を頭に巻いた女性たちが野菜を買っている。

それから、隣の町へ昼食を食べに立ち寄った。いつもマフラに向かうときに横を通る町で、ここもアラブの町。

ランチを人数分頼むと、次々に食事が運ばれてきました。山積みされたピタパンが真ん中に。それぞれの前にタヒニ、フムスにオリーブオイルとパプリカの粉がふりかけられたプレート。いろんな野菜のピクルス。

すると、急に次男のラファエロが現れる。あまりに思い掛けなかったので、ニツァンと待ち合わせをしていたのかと思ったら、偶然だった。長男のヨナタンのおなかが減ってしまって、お使いを頼まれたのだという。今日は忙しいと、ため息をつきながら少しのあいだ一緒に座り、あっという間に行ってしまった。


道路が荒くなりはじめると、そこからマフラになります。

ゲートを通り抜け、オーガニックワインを作っている小さな工場を横切り、がたがた数分揺れると家の前にたどり着きます。車がしっかり停まるまで、犬が追いかけてきます。白い犬はシーラ。黒い犬はイーザ。三匹いる猫は、見分けがつかないからみんなムシムシ。

この一家は、ときどき日本語を使います。「そうですか」、「ああ、そうですね、そうですね」(日本人を真似ながら)、三匹のムシムシは、受話器をとるときの「もしもし」からきているそうです。

イスラエルを訪れるのはいつも夏だから、そうでない季節に訪れるのは、幼いとき以来です。季節が違うだけで、不思議といろいろなものが目新しく見える。夏になると枯れてしまう花々が、この時期には咲いていて、ところどころから色が飛び込んできます。いつもたわわに実っている木々に、まだ果物の姿がありません。色彩豊かにみえるマフラも、あと一週間早く来ていれば、もっともっと花が咲いていたといいます。

隣の町で働くヨナタンに昼食を届けにいったラファエロが、歩いて帰ってきました。すると、散歩へ連れていってくれました。以前と変わらない鶏小屋の前で、鶏に挨拶をして、そのまま奥の方へ歩いていくラファエロの後をついていきました。裸足でぐんぐん茂みの奥へ行ってしまいます。イスラエルに住んでいた四歳の頃、何日かキブツで過ごしました。一緒に遊ぶ子供たちを真似ているうちに、裸足で歩き回るようになっていました。小石の上や土の上など、はじめのうちは足の裏が痛いけれど、踏み馴れてくると気持ちよくなります。一週間もすると、小石の上も走れるようになりました。

マフラの地面はほとんど舗装されておらず、何を踏むか分からないような荒々しい地面がほとんどです。

途中、屋根も窓もない、土台と低い囲いだけ残った古い建物がありました。どれだけ前にこの場所で人が生活を営んでいたのでしょう。この辺りは、アラブの人々がかつて住んでいたそうです。

行きは転ばないように慎重になっていて、目に入ってこなかった色んなものを、戻るときにはしげしげと見ることができた。人前では咲かないと決めている植物があるのでしょうか。見たことのない（それは沢山あるに決まっていますが）不思議な植物を見かける。

戻ると、母と妹は蚊帳のなかですっかり眠っていました。

私は丘に面した外のベンチに座ってお茶を飲みました。タイルの合間から伸びているミントを摘んで、ラファエロがお湯にいれてくれました。

目の前には一面、アボカドの木が生えています。アボカドが黄色い花を咲かせるなんて、このとき初めて知りました。一面にやわらかな黄色が広がっています。

私のカメラを見たニツァンは、家のなかから二十年ほど前に使っていたというカメラを持ってきました。五〇ミリのレンズが付いた一眼レフで、覗いてみると、黄色いアボカドの花や、一か所から花束のように広がって生えるピンクの薔薇が、夢の中の色（があるとして）に見えます。鮮やかに見えるのではなくて、出しきれていない色（があったとして）を、ひっぱりだしているかのような、魔法のレンズに思われました。

私は何十年も使われていないカメラにフィルムを入れて、撮ってみたくなりました。ちゃんと写るか分からないよ、とニツァンは言います。

家のまわりをいろいろ撮りました。写っていないような気はしませんでしたが、でも、写ってい

マフラに咲いていた花

ニツァンのカメラで撮った大きな綿毛

なくても、覗いたときの色彩に見とれるだけでも、十分だと思いました。ナスタチウムの葉のうえの蜘蛛。掌より大きな、何かの綿毛。アイリス。真っ赤なザクロの花。穴に餌を運ぶアリの行列と、その穴。あっという間にフィルム一本を撮り終えていました。現像をしたら、写っていたか、写っていなかったか、知らせることを約束しました。

プレマと三男のイタマールが帰ってきました。

プレマは台所でせっせといちごのジャムを作りはじめています。

大きな鍋の中でいちごがぐつぐつとかたちを無くしています。出来上がった熱々のジャムを瓶になみなみ容れて、蓋をして、余分な空気が抜けるようにと、瓶ごとひっくり返しています。ひっくりかえった幾つもの瓶。東京に帰ったら、私もいちごのジャムをいっぱい作ろうと、作り方を教わりました。

イーザとシーラを連れて、散歩に出掛けるイタマールに付いていきました。

立派なアボカドがわんさと生っている林を通る。母が長い草を抜き、それを口にあてて、笛のような音を鳴らしている。笛というよりも、高い虫の鳴き声のような人の笑い声のような変な音。懐かしくなったみたいで、いつまでも、変な音を鳴らしている。だんだん日が暮れてきて、向こうの空が赤と紫色に滲みだす。

皆より少しうしろを歩いていると、恐くなるくらい、暗くなってきた。そのたびに、走って追い

イーザとシーラを連れて、イタマールと散歩していたときに見た植物

つく。走ると、何かに追いかけられている気がして、よけいに恐くなる。
遠くでハイエナの鳴き声。
真っ暗になる前に帰る。急ぎ足で帰る。

持っていった卵焼きのフライパンで、妹が九個分の卵焼きを何回かに分けて作っていきます。それを見て、わー、と歓声が上がる。
プレマは、すり鉢でザータ（スーマック、いりゴマ、塩などで作ったハーブ調味料、これをオリーブオイルにふりかけてピタにつけて食べる）を擂《す》っている。胡麻と塩を加えて出来上がったものが食卓に載る。ピタ、野菜、フムス、ラバネ（ヨーグルトの水分を絞ったもの、すっぱいチーズみたい）、タヒニ、そして、妹が作った卵焼きを囲って、ご飯を食べる。

赤いケシ

アボカドの実がなる木

揺りたてのザータはおどろくほど薫りがわっとよってきて、美味しい。

食べ終えた頃に、出掛けていたラファエロが腹ぺこで帰ってきて、目玉焼きを作り、残っていたご飯を食べ、そして今度は仕事へ出掛けて行きました。駆け足のラファエロは、いつも行ったり来たり。

台所でラバネ作りがはじまる。ガーゼ生地にヨーグルトを包み、紐で結んでつり下げて、下にボウルを置いておくだけ。ツルルルルーと水分が、細い糸を巻くように落ちてくる。


十二時前には眠る。

真夜中、犬が勢いよく吠えていて、一瞬起きるものの、またすぐ眠りにつく。

四日目
早朝から鶏が鳴き、鳥がぴちぴち歌いながらそこらじゅうを飛び回っている音で目が覚める。

プレマが朝市へ出掛けると言うので、着替えて車に乗り込む。

たどり着いたのは隣町のオーガニックマーケットでした。持参した大きな籠や箱のなかに、じゃがいも、ネギ、たまねぎ、ビートルート、きゅうり、セロリなど野菜を容れている。

お金を払うと、そのまま籠や箱を車に積んで、持って帰る。なんて合理的な買い物、と思う。

すぐ裏の倉庫では、穀物が売られている。ブルグールやレンズ豆、お米などバケツいっぱいに詰まっていて、必要な分だけ計り売りしてくれる。手作りの化粧品も売っていた。とても小さな店で、七時前だというのに女の人でいっぱいだった。

外へ行くと、山羊が列になって歩いている。男の人が山羊を誘導しています。柵のなかへ向かって山羊が歩いたり、ときどき飛び跳ねたり、列から抜け出し家の横に生える木の葉をむしゃむしゃ食べている。

朝の日差しが暑くなりはじめました。向こうの方に、真っ赤なケシが一面に咲いています。

山羊の飼い主の家は朝市の裏にあり、なかを見せてくれました。

夜はこの場所で、息子のバンドがジプシーの音楽のライブをやるのでまたあとで、とさよならをしました。帰り際に、海の生き物の小さな化石を貰った。

マフラに戻って、プレマの作ったパンに、昨日作られたばかりのいちごのジャムを塗って食べると、この日はプレマツアーに出掛けることになっていました。

車に乗って走りだすと、イーザとシーラも走って見送ってくれます。

ドゥルースの人々が住む街を通り抜け、一軒の店に到着しました。外には鉢植えが沢山並び、店内には銅や陶器の食器や飾り物など、いろんな物がありました。

眺めているうちに、銅の大きなプレートと、銅の鉢から目が離せなくなりました。びっくりするほど良い値をつけてくれ、人柄も良く、飛行機には持ち抱えて乗ると決め買いました。

トランクに荷物を詰めてまた出発する。坂の上から眺めるドゥルースの街は平穏でした。女性はくるぶしまでの長いワンピースに、白い布を頭に巻いています。民族的にはアラブ人ですが、教義を外部に明かすことがないことから、*ドゥルース派は神秘的な民族と思われているのだそうです。


次に向かったのは、ハイファでした。中心地を抜け、*教会に着きました。

頑丈な扉には、赤ちゃんを抱いた女性と、剣を振り翳す男の人が彫ってあります。その扉のなかへ入ると暗く、天窓から差してくる光と、蠟燭の灯りだけで辺りを見渡すことができました。まるい天窓の周りには、人や天使や馬が描かれています。家族の物語のようにも、たくさんの友人の物語にも見えましたが、きっと、聖なる物語なのだろうと思うと、とたんに、何も読み取れないような気がしました。蠟燭を灯していた人の手が、火の灯りにあたって綺麗だったので、同じように灯してみることにしました。

　もうおしまいの時間だから、急いで裏口から出るようにと、小さなおじさんが私たちを出口まで導いてくれました。

ハイファの教会で蠟燭を灯す人

ツアーはすたすたと早足で、ときどきゆっくり、進んでいく。次に、アラブの人々が住む町を歩き回りました。細い道を歩きながら、人々の家の窓や干してある洗濯物や、扉や、ポストを眺める。こんな扉を開けて家に入ったらきっと楽しいとか、こんな柵が欲しいと思ったりしながら、途中、何軒か店にも入る。馬の毛のちっぽけなほうきを買う。

しばらくしてプレマがこっちこっちと人の家の庭へ入っていくので、そのまま付いていきました。半円型の門を抜けると、両脇に薔薇が咲いています。プレマは昔この家に住んでいた人を知っていたそうで、ちょっとくらいなら、と通り抜けました。

三年前の戦争で爆弾が落ちた場所を通り掛かり

ました。周辺には、そのような出来事を思い起こすものは何もなく、真っ白な建物が並んでいます。

車に戻る途中、*バハーイ教の人々が建てた建物が並んでいました。（おそらく住んでいる）敷地は大きく、前へならえ！　と声がかかったみたいに、何もかもが真っ直ぐで、三本線の国旗のように整っています。そしてどの家もよく似ていました。建築している人が同じなのかもしれません。文化と呼ばれるものが、そこから芽生えたのではなく、つい最近、どこかから突然忍び込んできたような不思議な雰囲気。


　辺りを大きく一周し、車に戻ります。そして、ヨナタンが働いているキブツに向かいました。しだれ柳のように枝葉が垂れ下がった木々が並ぶ、その手前に、ヨナタンの仕事部屋がありました。部屋に入るといつもの、あのヨナタンがいます。がんばって仕事をしているヨナタンに、かわるがわるハグする。なんだか更に背が高くなったような気がしましたが、また、もうひとまわり痩せていたのでした。ここで働くようになってから痩せちゃって……プレマはどんな母親でもしそうな、心配した顔をしました。

　仕事部屋には木材と、それを切ったりする作業台と道具と紙とラジオがありました。他には誰もいなくて、一人で扉を作っていました。

　仕事中だから挨拶だけして出ようとしたら、一服する口実になるからと、少し立ち話。

プレマのいちごタルト　この上にソースがかかる

タバコに火を点けている。何年も前に、巻きたばこを巻いているヨナタンは、これを巻いているあいだに、本当に吸いたいか考える、と言っていたのを思いだす。

ヨナタンと一緒にいるときのしぃんとした時間を、よく思いだす。柔らかくて、あたたかい風が舞う。

マフラに戻って、プレマはジャム作りの余ったいちごで、何やらタルトを作っています。

そのあいだ、上にあるプレマのアトリエで、あたらしく織った様々な物を見せてもらう。タオルや赤ちゃん用のブランケット、スカーフなど、あまりにも綺麗なので頭がぐるぐるして、こんがらがった泥棒にでもなった気分になる。値がついていても、お金を払っても、何か大切なものをぬすむみたいな感覚があることを、初めて経験する。

まんまるい満月型のタルトが出来上がる。美味しくて、テーブルに体ごと流れ込みそう。だんだん暗くなりはじめ、あっという間にパーティーへ出掛ける時間になりました。

行く前にみんなでスープを食べる。ヨナタンもラファエロもイタマールもいて、家族みんなが初めて揃っている。ニツァンは、パーティーに食事があるのになんで食べるの？　と聞くと、プレマは諦めるような顔つきをした。ニツァンは、あそこのごはんは美味しいよ、と言う。プレマはみんなが知らないことを、知っている顔をしながら、納得するように、すごく美味しいと答える。

私はヨナタンの車に乗せてもらい、そして、途中一人暮らしを始めた部屋も見せてくれた。ひとりで暮らすのにちょうどいい大きさで、山小屋のような家でした。キッチンと、本棚と、小さなテーブルに椅子。二段ベッドの二段目は、自分で作ったのだといいます。

部屋から出ようとしたら、ドアが開かない。把手をひっぱってひっぱって、開いた。入れるけれど、あんまり出られないドアで、と、にかにか笑っている。

部屋を出ると、目の前に大きな枇杷の木がありました。熟した枇杷を暗がりのなか探してくれています。朝はもっとあったのに、きっと誰かが食べちゃったのだと、静かにゆっくり優しく嘆いている。背の高いヨナタンは腕も足も長く、その長い腕で上のほうの枇杷を一粒、選んでくれました。

以前、東京の自宅にお客さんが来たとき、枇杷を出したら、東はどっち？　と聞かれ、あっち、と答えると「初物は東を向いて食べないと」と言って、東を向きながら嬉しそうに食べていました。

それを思いだして、私は枇杷を食べながら、東を想像しました。

パーティーに到着すると、十時をまわっていました。山羊の飼い主のお父さんが、七時位にはもう、音楽とか少しずつ始めるから早めにおいで、と、夜にはライブ会場になる大きな庭を見渡しながら言っていたのを思いだし、遅くに来てよかったと思いました。ほとんど人はなく、食事が盛ってあったと思われるお皿は、わずかに来ている人がきれいに食べている。みんなでプレマの顔を見ると、ムーミンママが言った通りでしょう、と笑いました。

でも外に座っていると、あっという間に人でいっぱいになりました。

バンドが音合わせを始めています。合わせている音が綺麗。

ブズーキーを弾く男の子は、何年も前に、ラファエロと三人で遊んだことがありました。その頃からフルートを吹いたりギターを弾きながら、ピンク・フロイドなどを歌っていました。そのときはまだ小学生とか中学生くらいで身体は小さく、女の子のように滑らかな髪の毛で、うしろで小さく結んでいました。みんなの前でブズーキーを弾く姿は、曲がった背中は変わりませんが、女の子のような気配はもう、少しもありませんでした。

音合わせから数時間、ようやくライブが始まる。こんなふうに外を跳ねながら、音楽が聞けるささやかな演奏会が、家の近所にあったら楽しいだろうな、と思う。

五日目

起きて、サーフィンをしているイタマールを迎えにプレマと一緒に車に乗りました。

錆びた骨組みだけの船が、波打ち際に半分以上埋もれている。

海の浅瀬に、裸足で入る。海水が動くたびに、朝日を反射してきらきらと幾つもの光の粒をつくっています。この光の粒は、いつもどこかへ連れだしてくれます。どこか分からないけれど、どこか大切なところへ、連れだしてくれます。それは初めて一眼レフを覗いたときの場所に、よく似ています。そのころから、光の粒や反射や流ればかりをおいかけるようになりました。そして、一瞬の光のなかには、永遠という瞬間が含まれていることを胸の奥で感じました。

家に戻るとプレマは、何年も前に私が植えたオリーブの苗がすっかり大きく成長したから、みんなで見にいこうと言いました。

サボテンや白や黄色の花のあいだを歩くとゲートがあり、その奥にオリーブ畑が広がっている。

マフラの家　春

マフラの家　夏

ある真夏、家に誰もいない昼下がり、することがないので、隣の家の手伝いをしました。そのとき植えたオリーブの苗が自分の身長を越え、大きく育っています。付いてきていたイーザが、木の下で日を避けている。イーザの真似をして、木の下に立って、記念写真を撮ってもらう。

同じ道を歩いて戻っていると、プレマがふさふさ生えている茶色くて長い髪の毛を揺さぶりはじめました。蜂が入り込んだ！　と頭をぶんぶん振っています。母が、髪の毛を掻き分けながら、蜂を追い出そうとする。

ブーンと蜂が髪のなかから出てくると、プレマは「刺されたー！」と大声を出し、家を目指してまっしぐらに走りだしました。続いて、母も追いかけるように走っていきました。ふたりは手を天にむかってあおぎながら、蜂を追い払うようにして走っています。実際、蜂は群れとなってふたりを追いかけていきました。

家に戻ると、プレマは頭にレスキュークリームを塗りました。

するとこんどは妹が、頭のなかで蜂の音がすると言います。ヨナタンが確認してみると、結んでいる髪の毛に絡まっていました。急いで外に出ると、ヨナタンは腕をふんふん振って蜂を追い払いました。妹は急いで部屋に飛び込んできて、ヨナタンはTシャツを脱ぎすてて、そのTシャツを振り回して蜂を最後まで追い払ってくれました。

ちょうどお昼ご飯を食べにやってきた一家の友達は、蜂の騒動と同じ時間に到着していたそうで、車のなかから蜂に追いかけられている姿を見ていて、心配しながら玄関の扉を開けて入ってきました。

外にクッションや食事や食器を並べました。トマトが嫌いな人のサラダと、きゅうりが嫌いな人のサラダ、何でも好きな人のサラダが並ぶ。スープとパンと、茹でたビートルートをオリーブオイルと塩で和えたものも。

晴れていて、気持ちがいい。イタマールはジャグリングをして遊んでいる。ここに暮らす三人兄弟は曲芸師のように、玉を投げ廻す。

タミが、テルアビブから迎えにきてくれた。

車に荷物を乗せてみんなと別れを言う。この家族がいるから、イスラエルを楽園のように思うのかもしれないと、ふと思う。そんな気持ちにさせる、ふとした瞬間の連なりが、イスラエルを色濃く描きだす。

プレマはいつものように、歌ったり躍ったりしながら送りだしてくれた。

帰りに*カイザリアの遺跡を見に立ち寄る。歴史の教師を仕事とするタミは、クリアファイルに挿んで持ってきた資料を私たちに見せてくれる。かつて水が流れていた場所、お風呂だった場所、円形劇場。入場する前からいろいろ教えてくれた。

入場料を払う。タミはガイドの免許を持っているので、ただで入れる。

二千年以上前に、港町として栄えていた場所が、遺跡として残っていました。

地面には模様の入ったタイルが残っている。その上を近所の子供たちは、発表会の練習か何かをしていて、衣装を着たまま遺跡の上を走り回ったり、踊ったりしている。

カフェもあり、何よりも、海が綺麗だった。

タミが事前に見せてくれた資料は、より具体的になって、そのまま目の前に現れた。

情けないことに、ヘロデ王が九キロも離れたカルメル山から飲料水を引いてきた話と、敵が侵入するときに、馬が壁にぶつかってしまう工夫が施されていること、お風呂の水回りがしっかりしていたことくらいしか、具体的な話を覚えていない。幼い頃から、先生の話が耳をとおり抜けてどこかへいってしまったのは、年が経っても、あまり変わらないらしい。

　資料のなかでも特別印象的だった、ローマ人が建てたという円形劇場に差し掛かった。大きなゲートを開けようとすると、開かない。近くにいた人が、ついさっき閉まったことを教えてくれる。

　そんなことは入り口で言うべきだと、タミはかんかんに怒っている。円形劇場に入場する以外

カイザリア　海沿いのカフェのウェイトレス

は、遺跡のある場所でも自由に出入りできることが分かった。つまり、入場料を払う必要もなかったことが分かってタミは余計に怒っている。

ゲート越しに、半径しか見えない劇場を覗きみて、海沿いを歩いて戻っていると、海に日が落ちて一面に光っていた。

カフェでお茶を飲んでから、テルアビブへ帰る。この日は、タミの家に泊めてもらった。

六日目
また、鳥の鳴き声で目が覚める。今まで気がついたことがなかったけれど、イスラエルは鳥で溢れ、地面はノラ猫と、犬の糞でいっぱいだ。
突然エイラットへ出発することになる。昼過ぎの飛行機に乗った。

飛行機で約一時間、エイラットに到着すると、母の古い友人、イングリッドが迎えに来てくれていた。

ドルフィンリーフは、エイラットを紹介するガイドブックのはじめの欄に登場するような、観光名所です。

せっかくだから、と、イングリッドは目的地のドルフィンリーフを通り過ぎ、そのままイスラエルとエジプトの国境に向かいました。右には岩山がそびえ、左には海と、その先に見える陸はヨルダン。国境を私たちに見せると、そのままUターンをして戻ります。

ドルフィンリーフ。幼い頃から、プライベートビーチになっているこの一郭へやってきて、イルカと遊びました。初めてイルカと一緒に泳いだのも、イルカの肌を触ったのも、イルカとキスしたのも、ここでの体験でした。

イルカはこの場所と、海を行ったり来たりできます。

砂から海に向かって、数メートルの橋が架けられていて、その上で寝転びながらイルカが泳ぐのを眺めたり、海水に手をつけたりして過ごしました。

日が暮れてくると、向かい側のレバノンも、海も、真っ赤に染まっていきます。

この辺りの岩山は赤く、その赤が海に反射して、海まで赤く染まるから紅海と名付けられているのでしょうか……。海は細長く、レバノンとイスラエルのあいだに横たわっているかのようです。

イングリッドの家に行き、荷物を置く。

長女のチアも、弟二人も、それぞれ家を出ていて、お父さんは出張していました。それぞれの部屋が空っぽになっている大きな家に、イングリッドはほとんど一人で暮らしています。

三階にある、誰も使っていないチアの部屋を覗くと、いろいろな記憶が蘇ってきました。毎回チアのベッドの横にマットレスを敷き、そこで寝泊まりしました。ビーズで遊んだり、お化粧をして遊んだり、夜遅くまで喋ったり。

チアが中学生にあがると、部屋にはイスラエルで人気だった歌手のポスターがたくさん貼られていました。ものすごいファンで、そのアイドル（?）の名前を、今でもはっきり覚えています。

夜になって、チアが友達とクラブやパーティーに出掛ける準備をしていると、それまで部屋のなかだけでつけていたお化粧も、遊びではなくなって、目のまわりに色やきらきらを塗って、唇に艶を添えて、出掛けて行きました。毎回誘ってくれましたが、小学生くらいの私には出掛ける勇気もなければ、一緒に出掛けたい気持ちも、あまりありませんでした。

初めてチアに会ったのは赤ちゃんの頃で、何も覚えていません。

イングリッドは、私とチアが出会った瞬間のことを繰り返し話します。幼いチアは手当たり次第、人の髪を引っ張ったり、叩いたり、押し倒したり、大人にも手に負えない女の子だったそうです。やっと歩けるようになった私とチアを引き合わせるのを、とても恐いと思ったそうです。

そして、初めて会った瞬間、チアは驚くほど優しく接してくれたのだといいます。出会った瞬間のチアの変容する姿を、イングリッドは、今でも信じられないという顔で話してくれます。チアは三歳くらいお姉さんですが、幼いころから背も高く、人を見るときの目や喋りかた、髪をかき分ける仕草を見て、なんて大人っぽいのだろうと思いました。背中合わせに立って、似ている部分は、何もなかったと思います。それは、今も変わりません。

ぽっちゃりしていたチアは、ある頃からすうと細長くなりました。背だけでなく足も細く、長くなっていきました。そして、その長い足を地面にぽいと投げつけるように、歩きます。この歩き方はイングリッドとそっくりです。

七日目

ベランダに出ると晴れていて、海とヨルダンが見える。

猫がやってきました。ふさふさしていて、半分は外で暮らし、半分はイングリッドが飼っている

イングリッドと母の若いころ

チアと　四歳くらいのとき

真っ白な猫。

朝ご飯のようなお昼ご飯のような食事をしに、ドルフィンリーフへ行きました。海沿いのテーブルに座っていると猫がやってきて、テーブルを見上げています。

イスラエルブレックファストという食事を頼むと、小さく盛られた何種類かのおかずが、卵とサラダを囲うようにして盛られていました。

食べていると、イングリッドと母の古くからの知人で、この場所を仕切っているロニが現れました。肌が焼けていて、シャツはまだ乾いていないみたいにくしゃくしゃしている。

しばらく話をしていると、仕事の時間になり、砂の上を歩いていってしまいました。砂の上には猫や孔雀、小鳥も歩いています。それと、ロニに並んで堂々としているのは、彼の犬です。海から上がってきたばかりのもじゃもじゃの白い毛が、目を隠すほど伸びきっている。昨日は一緒に夕暮れの日に、たそがれました。そして水のなかを覗きこんだり、かと思ったら飛び込んだり、訪れているお客さんと散歩したり、気ままに生きているようです。

深夜になると、国中に一分間のサイレンが流れた。*戦没記念日となり、戦争で死んだ人を悼む日だった。テレビをつけると、嘆きの壁の前に、指導者を中心に沢山の人々が集まっていた。生放送で、一晩中そこで起きていることが流れている。

八日目

昨日とはうって変わって、テレビのなかはお祭り騒ぎだ。

深夜にサイレンがまた鳴り響き、独立記念日に変わった。

九日目

飛行機は、テルアビブ行き、ネゲヴ砂漠の上を飛んでいます。

あっという間に、再びシートベルト着用のサイン。

そして、着陸した瞬間、拍手が湧いた。まだ、あの拍手が残っていました！


空港からそのまま高速道路で真っ直ぐ、エルサレムの友人の家へ向かいました。

両脇の山は豊かな緑色に覆い尽くされている。幼い頃からエルサレムに向かう道のりが好きでした。テルアビブから一時間ちょっとで到着しますが、着く頃には、すっかり景色が変わります。

エルサレムでは、建物をエルサレムストーンという、らくだ色の石で建てなければいけない決まりがあります。そのため、必然的に町並みが美しくなります。丘から見おろす町、窪地から見上げる町。ちょっとした町の一景にも、明るい色が広がります。

到着すると、バーベキューの煙が立ちのぼる庭に、馴染みある楽しそうな人たちがもう集まっていました。みんな母の幼なじみです。真ん中のテーブルには、ティモラの手作りの料理が並び、みんなは少しお腹を休ませているところでした。

ティモラの娘のオリアンもアダムも、家を離れて暮らしていますが、この日は戻ってきていました。オリアンの姿勢は、ぴんと真っ直ぐです。幼い頃からバレエをやっていて、今では劇団に入り、ダンサーとして人前で踊っています。アダムはお兄ちゃんで、ほとんど年が変わりません。背が高くて、母親譲りの皮肉な冗談を、ぼそぼそとところかまわず残していきます。この日は、そんなに誰が食べるのだろう、というほど、肉を焼きつづけていました。

愉快な人ばかり。冗談ばかりを言いながら、始終笑っていて、年をとり、こんな人たちが周りにいたら楽しいだろうな、と思う。

アルバムを引っ張りだしてくると、みんなで回しながら見ました。この場に集まっている人々が若かったときの写真。川の流れる横で、大きな岩の前で、山の途中で、木漏れ日の中で写された記念写真。

退学したときの話や、誰が、誰と付き合っていたみたいな、そんな話を、ついこの前のことのように話している。

　すると誰かが思いだしたように、「あなたのお母さんは、ノリコサンという本が大好きでいつも読んでいた」と、こっちを指差しました。「あなたみたいな頭をした、着物を着たノリコサンという日本人が主人公」なのだといいます。

　シリーズものの絵本で、スウェーデンとかインドとか、あらゆる国の物語があったのに、ロナはノリコサンにしか興味がなく、結局本当に日本に住んじゃった、と言って、笑っていました。

　暗くなりはじめると、みんな帰っていきました。

　私たちも、ボアズの車に乗って、テルアビブに戻りました。

　すると、車の窓にてんてん、てんと雨が降り落ちてきました。私のイスラエルの記憶には、雨がどこにもありません。

　ボアズも、どうしたのだろうという感じで、ワイパーをちょっとのあいだ起動させました。

　タミの家の前に到着する頃には、雨が降ったことも、みんな忘れていました。

＊ドゥールース派　エジプトのファーティマ朝の六代目カリフ、ハーキムを神と仰ぐ宗派。シーア派の一派、イスマーイール派の影響が濃いが、コーランを否定し、布教活動はしない。ゴラン高原にも信者が多く暮らす。

＊ハイファの教会　『通訳ダニエル・シュタイン』（リュミドラ・ウリツカヤ著、前田和泉訳）の主人公ユダヤ人司祭・ダニエルのハイファの教会とは、実在するこの教会のことだった。

＊バハーイ教　イランで生まれたバーブ教が前身。絶対平和、偏見の除去、男女平等が説かれる。ハイファを聖地とし、二〇〇〇年に完成したバロック様式の美しい庭園が名高い。

＊カイザイア　テルアビブの約四〇キロ北にある地中海に面した遺跡の名所。ローマ帝国屈指の港町で、キリスト教史上ではペテロやパウロの宣教の基地として知られている。

＊戦没記念日、独立記念日　独立記念日は一九四八年五月一五日のイスラエル独立宣言を記念し、ユダヤ暦でイヤル（五月に相当）の五日に祝うが、パレスチナ人はこの日をナクバ（破局）として様々な抗議行動を行なう。独立記念日の前日は、建国以来多くの戦いで戦死した兵士たちをしのぶ。戦没記念日や独立記念日が、安息日やその翌日と重ならないよう、これらの記念日の日付は年によって調整される。

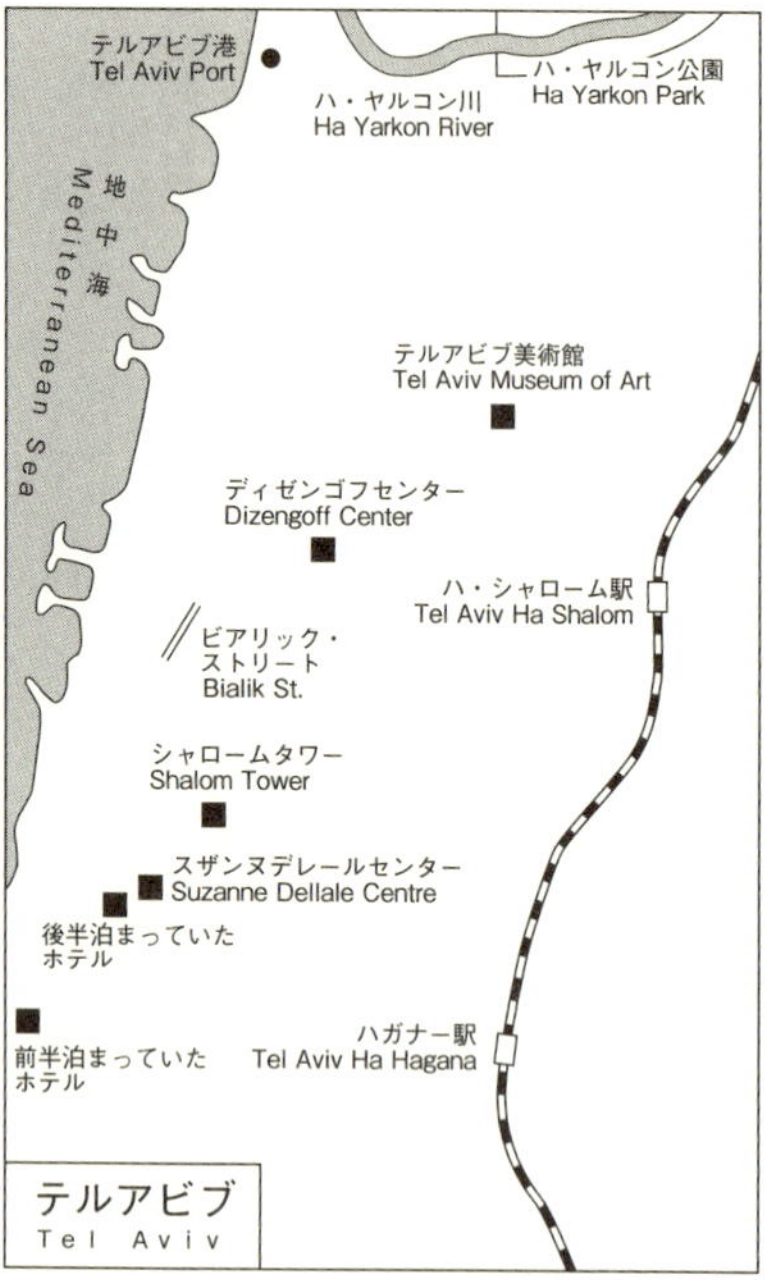
テルアビブ港
Tel Aviv Port
ハ・ヤルコン川
Ha Yarkon River
ハ・ヤルコン公園
Ha Yarkon Park
地中海
Mediterranean Sea
テルアビブ美術館
Tel Aviv Museum of Art
ディゼンゴフセンター
Dizengoff Center
ハ・シャローム駅
Tel Aviv Ha Shalom
ビアリック・
ストリート
Bialik St.
シャロームタワー
Shalom Tower
スザンヌデレールセンター
Suzanne Dellale Centre
後半泊まっていた
ホテル
前半泊まっていた
ホテル
ハガナー駅
Tel Aviv Ha Hagana
テルアビブ
Tel Aviv

Ⅸ章　日記　後篇

太陽がじりじり照りつけて、初夏を思わせるようなイスラエルの五月の始まり。

滞在が半分に差しかかったところで、風邪をひき、叔母の家から歩いて数分の宿に移動しました。マンションの一室のような、白い部屋。アイロン掛けされてぴんと張ったベッドのシーツや枕カバー。そのまま転がり込んで、二日間ほどが過ぎる。

十二日目

朝起きると調子が良さそうだったので、足湯をしようと思ったら、うまく水が溜まらない。諦めてシャワーを浴びる。外は、よく晴れている。

最近テルアビブの建築群が世界遺産に登録されたというので、タミが見たほうがいい建物や通りを地図に書き込んでくれ、出発しました。立ち止まっては、母が地図をにらんでいる。通りは分かっても、建物はなかなか分からない。これかな、いや、あれかなと言いながら、好みの建物を探しているみたいになってしまった。歩き馴れている道にも、バウハウス建築が建っているというけれど、それを本当に見ることができたのか最後まで分からなかった。

静かな路地は、地図に線が引かれていた「ビアリック・ストリート」でした。ビアリックは、イスラエルを代表する詩人の名前だそうです。

しばらく静かな通りを歩いていると、実際にビアリックが住んでいた家の前まで来ました。見学できるようになっているのでなかへ入ると、もう今日はおしまいなのだと言います。でも、一階だけ見てどうぞ、と言ってくれました。どういうわけか、受付の女の人と母が、ビアリックによる〝小さな鳥の歌〟の詩を、私たちにうたって聞かせてくれました。息の合っていないボート漕ぎのようにぐらぐらした歌をうたったあと、どんな意味なのか、簡単に訳してくれました。

巣があって、巣には卵が三つ並んでいて、卵の中にはひよこがいて、だから、静かに……起こさないように……というふうに始まる歌なのだという。

一階の部屋の壁には絵が飾ってあり、テーブルにティーセットが並んでいる。窓から静かな光が差していて、部屋のなかの空気がやわらかい。カップやソーサーは、やわらかい光にあたってつやつやしている。

外に出て歩きだすと、丸い水場があり、水面に蓮の葉が浮かび、ところどころから淡紅色の花が伸びていました。水場の周りに地図を持っている人々がちらほら立ちどまり、辺りを見渡しながら次の行き先を確かめる、靴紐の結び目のような場所になっていました。

道端から見える家々のベランダは、町の衣装のようで、眺めているだけで楽しい。どんな植物がどんなふうに伸びているか、飾り物をどんなふうにぶら下げているか、水道が付いているかなど、いろんなことを想像する。

見上げながら歩いていると、見覚えのあるカーペットが干されていました。立ち止まって見入ると、家で使っているものと同じでした！　どこかの民族衣装のような鮮やかな刺繍のものだから、遠目にも分かります。旅行先で親戚にばったり会ったみたいで、嬉しくなりました。

十三日目

朝起きると、珍しく曇っている。

サフタとステラ（サフタの姉）のお墓がある墓地へ行くことになっていました。墓地の前の花屋で、赤と白のばらの花束を二束買いました。野花のような花束にしようと思っていたら、まったくちがう花束になっていた。

なかへ入ると、物乞いのおじいさんやおばあさんが手を差し出してきます。広大な墓地で、見渡すかぎりお墓が並んでいます。はじめはステラのお墓へ行きました。白と黒のつやっとした墓石に、順番に花を添えました。一緒にいた親戚のおじさんにとっては母にあたるので、彼はしばらく立ったままお墓を眺めていました。

色々な姿かたちをしたお墓が並び、死んでも、性格が滲みでているようで不思議でした。

曇っている空は、墓地をいっそう墓地にしていた。

ぼうぼうと草が生え、鬱蒼としている一角が、サフタのお墓でした。岩に名前や死んだ年が刻まれている。何年ぶりか思いだせないほど長いあいだ訪れていませんでした。枯れた植物がお墓に寄りかかっているその上から、白と赤のばらを添えました。岩には、近くの水道から汲んできた水を流しました。じわっと岩の色が濃くなっていく。

生きているうちに、ためらいもなく、理由なんてなくても、大きな声で呼びたい人の名前を呼べることがどれだけあるのだろうと、思いました。私はサフタのことが大好きだったのに、いつも恥ずかしくて、照れくさくて、小さい声でしか話すことができませんでした。私はその恥ずかしさを、生まれるずっと前からもっていたに違いないと、思うことがあります。今でもその恥ずかしさとたたかうことが、本当に時々あります。

大きな声で愛する人の名前を呼べるようになるのに、どれだけ人は生まれ変わるのでしょう。誰かに、あなたも大きな声で、愛をうたわないといけませんよ、そう言われているようでした。捻くれていると、姿と名前だけ変わって、何度も埋葬される羽目になる……そんな気がしてきました。

みぞおちのあたりからきゅうっと熱が伝ってきて、あんまり喋れなくなる。

途中で抜いた紫色の花も添えてお墓をあとにしました。

十四日目

母と妹と、何度歩いたか分からないテルアビブの道を歩く。滞在もあと僅かだから、今のうちに

サフタのお墓

若き日のサフタ

やり残したことをしてしまおうという風だった。
イスラエルに住んだらどんな生活になるのだろうと、想像することがあります。そしてイスラエルの隅々を歩いて見てみたいという気持ちが、胸のどこかにあります。乗り物に乗っていると、通り過ぎている景色を、降りて近くでじっくり見てみたいと思う。向こうの丘をここから眺めるだけでなく、実際に登ってみたいと思う。茂みの奥の植物を、できるだけ多く見てみたいと思う。

母が金、銀のアクセサリーを売っている店に立ち寄り、妹とお揃いの金のネックレスをプレゼントしてくれました。細くて、まだらに光るネックレス。お互いの首元を見ながら、嬉しくなる。首からさげて、そのまま外を歩きはじめる。

夕暮れ前に、テルアビブ美術館へ到着しました。美術館の外には見覚えのある彫刻がありました。そうだ！　と思う。バーバラ・ヘップワースの作品でした。バーバラ・ヘップワースのアトリエの庭に置かれていた幾つもの作品と、作業場があったセント・アイヴスの美しい町並みを思いだしました。イギリスの庭で見たときは空の色が複雑で、作品が靄の向こうにあるようでしたが、テルアビブでは日光がぴったりくっついて、見た通り、すぐそこにありました。
なかへ入ると、受付のおばあさんが、あと二十分しかないから入れないよ、と言います。どう考えても回りきれないから、二、三時間余裕をみてくることを勧められました。

ギブアタイムへ向かう。この町は、母が育った町で、私が小さい頃、合わせて二年間住んだ町でもあります。

坂の途中に、母が通っていた小学校がありました。残っている子供が何人か外で遊んでいます。昔は教室の窓の下に、学校を囲うようにして大きな砂袋が並び、当時はシェルターがなかったから、戦争中はサイレンが鳴ると砂袋の裏に隠れたそうです。男の子は、二階からそこへ飛び降りて遊んでいたという。

日が沈みはじめ、辺りが薄暗くなってきて、素焼きのようにざらっとした景色は幼少期の日々を目の前に翳めました。

見覚えのある坂のてっぺんに立っていました。坂の途中には、二年間だけ住んだアパートがまだ建っていて、その向かい側には通っていた幼稚園があります。細い道を抜けると公園に出る。ちょうど幼稚園の裏にあり、毎日のように遊びまわった場所でした。記憶の中の公園よりずっと小さく、遊具も少なく、人もいませんでした。もうまっ暗になり、街灯もつきはじめていました。

住んでいたマンションの前で、記念写真を撮りました。サフタが生きていた頃に、手を繋いで

住んでいたマンション　サフタと手をつないで写真を撮った場所

撮ってもらった写真と同じ場所で。こんどは、母と手を繋ぎ、妹に撮ってもらう。

十五日目

早朝、エルサレムへ出掛ける友人の車に便乗する。

珍しく道路が混み、友人は仕事に間に合わないと言って「ここからホテルまでタクシーですぐだから」と、野ばらがいっぱいに咲いている空き地の前で降ろしてもらいました。

降りると涼しく、「エルサレムは寒いよ」という忠告を聞いてよかったと思いながら、持っていた長袖やスカーフを全部着たり巻いたりする。茂みをかきわけて空き地のなかへ入ると、木漏れ日が、赤いばらや葉っぱの上を駆けるように動いている。

ギブアタイム　坂の途中からの景色

ホテルから見たエルサレムの景色

ホテルの部屋からは、エルサレムの旧市街の壁が見えます。まるで窓枠のなかに、エルサレムがあるよう。町へやってきたというよりも、景色のなかへやってきたという感じがする。

観光しに、部屋から見える旧市街へ歩いて向かう。言われた通りに坂を下り、上っている筈なのに、目指しているシオン門が分かりません。ここでもまた、タミが記してくれた地図を持って歩きました。旧市街へ続くとは思えない山道のような坂を登ると、見上げるほど高い城壁があり、そのあいだの通路を歩く。いつの間にか差してきた日が通路をきれいに半分ほど照らしています。日影を選び、入り組んだ道を抜け、階段を上り下りしているうちに目の前が開け、嘆きの壁の前まで来ていました。

この日は、旧市街の下に発見された遺跡を巡る、短いツアーに参加することになっていました。これも、タミの勧めでした。

英語とヘブライ語を交互に話すガイドのうしろを、何十人もの人がぞろぞろついていく。暗くて、細い通路。二千年ほど前の、第二次神殿時代の地面の上を歩いているらしかった。

外で日を浴びている嘆きの壁の下にも壁が続き、地下で祈っている人々もいました。小さな椅子に座り、壁を前に聖書を片手に持ち、呪文を唱えるように祈っている。地上と同じように、石と石のあいだには、折りたたまれた紙が詰め込まれている。この紙には人々の悲願が記されているそうです。

ヘロデ王時代の通りや、貯水池だったところを通り抜け外へ出ると、眩しい。

ムスリム地区のスーク（市場）を抜けて、入場した場所へ戻ると、ツアーは終了しました。

そのままアルメニア人地区の市場を歩きはじめました。旧市街を訪れるのは六、七年ぶりでした。石畳の細い通路の両脇に、溢れかえるようにものが並んでいるのは以前と変わっていません。特に多いのは、それとも、目に入ってくるのは、陶器です。紺色で描かれた部分が目立ち、聖書に登場する果物や動物、花や蔦などが多く描かれています。同じ絵柄のお皿が積み重なっていても、一枚一枚見ていくと線が太かったり、もしくは細かったり、ちょっと雑なものもあったりして、手が他と同じように動かなかった、というのが混じっていて楽しい。


途中、お茶をしようと座ったカフェの店員は、少し訛ったヘブライ語で、全部美味しいよ！とメニューを置いていきました。ターキッシュコーヒーを飲みました。小さなカップに、挽いたコーヒー豆がそのまま入った熱いコーヒー。アラブコーヒーとも呼ばれるそうですが、どちらも粉状に挽いた豆と水と砂糖を鍋に入れ、煮てからそのままカップに注ぎます。飲み終えるとカップの底にどろっとした豆が残るので、マッドコフィーとも呼ばれているようです。薫りにうっとりし、粗々しい舌触りに、何度飲んでもびっくりします。

教会の近くまでくると突然、マリア様や、キリストの置物がお店の一番目立つところに並んでいます。こうして次々と変わっていく店先の商品からも、旧市街の入り組んでいる様子を感じます。キリスト教徒地区、アルメニア人地区、ムスリム地区、ユダヤ人地区に分かれ、どの人々にとっても、この地が聖域なのだそうです。

細い階段を上り、旧市街をぐるりと囲う城壁を歩きました。買った券を機械に通すと、重たい柵が重たく開きます。壁の上を歩けるなんて、思いもよらない楽しさに、気持ちが伸びていきました。空は真っ青で、さっきよりちょっとだけ近くなりました。一メートル前後の細い通路からは、旧市街を見渡すことも、エルサレムの新市街を見渡すこともできます。

誰にも気がつかれていないだろうという格好で、屋根にマットレスを敷いて眠る人、外に机を出して執筆しているおばあさん、屋上に絡まっているアンテナなどが見える。車の行き交う道路のコンクリートが、沈んでいく日の光を強く反射する。

地上へ降りていく階段が所々にありました。降りようとすると、あの重たい柵に鍵がかかっていました。開いている所があるまでもう少し歩こうと言っているあいだに、一時間近く歩いていたかもしれなかった。

ようやく鍵のかかっていない柵を見つけましたが、確信が持てませんでした。一度潜ると、引き返すことができないうえに、潜った先の門も開いていないと、出られなかったからです。

右往左往していると、旧市街側にいた男の子が、開いている！　と門の向こうから知らせてくれました。

門を出て男の子にありがとうと言おうと辺りを見渡すと、男の子は、どこにもいませんでした。

降りたところはムスリム街のスークでした。野菜売り場では女の人が買い物をしています。夕食の買い物をする姿を見て、お腹が減っていることを思いだしました。城壁から降りられて、少しほっとする。


イスラエル美術館の前で、ティモラと待ち合わせする。

訪れるのは、小さい頃以来で、イサム・ノグチが設計した庭園を楽しみにしていました。

館内で目に入ってきたのは、ガラスケースの中

城壁の上から撮ったエルサレムの新市街

に立つ二人のお婆さんでした。身体は向き合っているけれど、目は合っていない。冬の格好をしていて、ツイードや内側に着たシャツ、フードに靴紐など何もかもが再現され、バス停でバスを待つお婆さんよりも、本物のお婆さんのよう。展示をすでに見に来ていたティモラは、この作品に特別心打たれるものがあると、近くでじいっと眺めています。白くなったまつげまで生えている。ピアスを通していない、耳の穴。顔や手の皺。覗き込んでいたら、ティモラが「ねえ、見て」と言いました。コートの肩や背中のあたりには、抜けた白髪がとても静かに落ちています。「よぼよぼになった自分の姿を見ているみたいで、目が離せなくなる」。ティモラの母のセーターにも、冬になると白い毛が落ちるそうです。

外に出るとすっかり暗くなっていて、妹と駆け足で庭園を見に行きました。足元は、じゃりじゃり音を立てています。

ところどころに飾られた大きな彫刻は、影さえも見えなくなりそうでした。見えるのは、エルサレムの美しい夜景でした。砂利道のあいだには緑が植えてあるようで、少し日本庭園らしくもありました。よく見えないから、そんな感じがするだけでした。それとも、砂利の音のせいだったのでしょうか。

突然、家を見つけました。温かいお茶を出してくれそうな、小さな小さな家の窓は微かに光っています。近寄ってみると何やら、これも作品だということが分かりました。窓のなかを覗くとそこには書斎があって、部屋中に本が並び、積み重なっていました。ああ、なんだかいいなと思いながら、出口の方へ向かいました。本当にお茶が飲めるのかと思ったなあ。庭を出る前に、大きなピカソの作品がありました。解説付きのヘッドフォンをしていた妹に、気になる影を伝えると、誰の作品かすぐに教えてくれました。

ティモラの車に乗って、ホテルに戻る。

お風呂に浸かってから、大きな窓から夜のエルサレムを眺め、カーテンは少し開けたまま、眠りました。

十六日目

晴れ。八時半に、ダイニングで母の幼なじみのブーズと待ち合わせしていました。短パンにTシャツを着ている姿しか見たことがないのに、この日はスーツを着ています。ブーズは、この系列のホテルを取り仕切る仕事をしています。

朝食はいつもここでとるから、と、一緒に朝の食事をとりました。

お皿を片手に、ずらっと並べられたご飯を眺めていると、お昼ご飯だったらよかったのにと思うほど、半日以上歩いてから食べたいものでいっぱいでした。ブーズは大きなお皿と小さなお皿と小さなボウルぴったりに、食事を載せていました。ライスクラッカーだけテーブルの上にそのまま置いてありましたが、次から次にお皿の上の野菜やフムスはフォークにさされ、ライスクラッカーに運ばれ、そのまま何枚も続けて口の中に入り、髭に囲まれた口がよく咀嚼していたので、お皿がなくても、テーブルはすぐにきれいになりました。

ここで食べたフムスは、滞在しているあいだに食べたフムスのなかで、一番美味しかった。これには妹も同意してくれました。（心強い。）そしてコーヒーまで、イスラエルで飲んだなかで一番美味しかった。これにはブーズが大きく頷き、ここのコーヒーを飲まないと、朝が始まらないなどと言う。あらゆるコーヒーメーカーを試して、この機械が一番美味しいコーヒーを作ったのだという。見渡すもの全部にベルが付いていたら、それぞれ選ばれた理由や経緯が鳴りはじめそうでした。

ブーズは食べながらこの日の予定などを、聞きました。ダビデの町や、シャガールのステンドグラスのある病院へ行こうと思っている話から、明後日の帰りの飛行機の話になりました。何時の飛行機なんだい？　と聞かれ、夜中の十二時過ぎの飛行機だと答えました。ブーズは少し黙ったまま、考え込んでいます。そして、ちょっとチケットを見せて欲しいと言います。私はポーチに入っていた飛行機の時間割りが記入された紙切れを取り出し、ブーズに渡しました。すると、これは明後日じゃなくて、明日の夜中に出発する飛行機だよ、と言います。

なんだか寒気がしてきました。飛行機を逃している自分たちの姿を想像していました。

十二時を過ぎているフライトはちょっとトリッキーだからね、と言いながら、立ち上がるブーズにそのまま付いていきます。仕事部屋へぞろぞろ入ってゆき、電話で確認すると、やっぱり帰るのは明日の夜中でした。

私たちは大慌てで荷物をまとめてテルアビブへ帰りました。そしてダビデの町もシャガールのステンドグラスもあっさり消えていきました。

テルアビブに帰る途中、ヤッフォの路地を通り過ぎながら、イスラエルにいるあいだ行こうと思っていたのに、行くことができなかった場所が思い浮かびました。ヤッフォもそうだし、ゴラン高原もそうでした。

タミの家に荷物を置いて、このあいだ入ることのできなかったテルアビブ美術館へ行くことにしました。なんだか分からないけれど、どうしても行きたかった。

一緒に行く人、と聞くと、妹が手を挙げました。

妹は、前髪の下でにまにま笑います。私のくだらない作り話や、本当の話も聞いてくれ、口を隠しながら、本当によく笑います。どこへ消えていいのか分からなくなってしまって、空気を漂う言葉の切れ目まで聞こえているのかもしれないと思うほどです。そのかわり、ムスッとしたときは、何も喋らず黙ってしまって、どうにもこうにも気を惹くことができません。

美術館は想像以上に大きく、二十分では到底回りきれないと言っていた意味がよく分かりました。入ってすぐ、頭上に大きなレリーフがありました。その作者であるダニ・カラヴァンの展覧会を世田谷美術館で見ていたので、雰囲気に見覚えがありました。イスラエル出身なので、どこかで作品が見られるかもしれないと、楽しみにしていました。

日本で見たダニ・カラヴァンの展示には、大きな空間から、彫刻、壁画、それに、鉛筆や色鉛筆で描いたものもありました。

平和への思いを込めた作品も沢山ありました。第一次中東戦争中、イスラエルとエジプトで激しい戦いがあったというエジプト国境沿いのニツァーナ近くの丘から、三キロに及ぶ平和の道を作ったそうです。砂漠にぽつ、ぽつ、ぽつ、柱が立ち、柱には百の言語で平和という文字が刻まれたそうです。それを、いつかエジプトの人によって、柱が国境を越えていく。そんな想像を込めて、作ったそうです。

「平和」を思い描いたとき、飛び交う想像をつかまえて、そのまま形にしたようだと思いました。

イスラエルにいるあいだ、日本で見た作品の印象のようなしっぽのような影のようなものを、時々思いだしました。イスラエルにいながら、平和への祈りを心に置くこと。それは、どんな感じがするのだろうと、聞いてみたくなりました。

美術館の作品は、潮水のように押し寄せてきました。どんな絵が展示されているか何も知らずに訪れたので、内心びっくりしながら、ピカソやマティス、モネやボナール、エゴン・シーレなどの絵を眺めました。あらゆる液体や、粒よりも小さな粒が体を巡ってゆくのを感じます。売春婦の絵や、ただ座っている人の絵。お母さんと、子供の絵。朝の光。とりとめのない瞬間が佇む。

とりとめのない瞬間は見たことのない永遠でもあって、そこには美しさが噴水の水のように散らばって、光って、虹をかけているみたい。

あっという間に数時間が過ぎ、地下には何があるのだろうと階段を降りて行くとカフェテリアがあり、その先には、レンブラントの絵があった。

タミの家に戻り、日本へ帰る支度を始めました。他のことにも手を伸ばしていたら、なかなか進みませんでした。時々友達が別れを言いに来てくれました。母の古い友人、ヴァールも会いに来てくれました。小さい頃からよく知っていて、私は少し年上のお姉さんかと長いこと思っていたら、実は母と同じ位の年だと分かってびっくりしたことがありました。エジプトのシナイ半島や、遠くのパーティー、安い下着屋やビーズ屋、ヨガ教室など、いろいろなところへ連れていってくれます。一度日本にも遊びにきました。ちょうど家へ到着した瞬間に、ワールドトレードセンターに飛行機が衝突しました。みんなしばらくテレビから離れることができなかったときも、一緒でした。

母の荷作りは、決まってヴァールがやります。帰る前日になると、電話が鳴りやまず人が行ったり来たりして、母の意識は散乱し、時間内に荷物を整理できるのかと、見ている方がはらはらします。するとヴァールがやってきて、あっという間にまとめてしまいます。

クローゼットのなかから、サバが軍人だったころに使用していたバッジが袋いっぱい出てきました。これはアンティークだわ、と言いながらヴァールはひとつひとつ眺めていました。タミは、家にあってもしょうがないから好きなだけ選んで持っていって、と隣の部屋から大きな声を張りあげました。私もひとつ選び、なくさないようにパスポートなどが入っているポーチに入れました。

それを皮切りに、倉庫にねむるステラの使っていた椅子やランプなどを運び上げてくることになりました。タミは、日本に持って帰ったらいいんじゃないかと思っているようでした。倉庫といっても、本来は警報が鳴ったときに隠れるシェルターですが、すっかり物置場になっています。確かにきれいな椅子やランプでしたが、日本に持って帰るのは気が引けます。ヴァールはすっかり気に入り、このおしりの部分を直して使うわ、と言いました。

段ボール箱に入っているアルバムの写真を眺めていると、いろいろな人の写真が脈略なく、並んでいました。サバのお姉さんのものでしたが、亡くなってから、タミの家に送られてきたそうです。彼女には一度も会ったことがありませんが、誰かが送った私と妹の幼い頃の写真もまざっていました。サバが軍隊にいたころの写真も多く、なぜかイスラエルの初代大統領であるベングリオンと写っている写真や、砂漠でマイクを向けられインタビューを受けているらしい写真などもある。花束を持った女性、杖をつくおじさん、大きな毛皮を身にまとう人、みんな頭にはきれいな帽子を冠り、胸にはダビデの星が付いています。コートを着込み、石畳の道路に並んで立っている。ナチス政権のとき、胸に縫い付けなければならなかった星と、同じものでした。写っている人を誰も知りませんでしたが、裏には現像された写真屋の名前と、店の電話番号、そして「プラハ」とありました。

サフタとステラと、もう一人いた姉が並んで立っている。夕暮れどきなのか、曇っているのか、カメラの露出なのか薄暗く、黒いスカートはうしろの葉っぱと馴染んでほとんど見えない。薄い色のセーターやカーデガンが光を吸収し、ウエスト部分のくびれがはっきり浮き上がっている。三人とも同じ形の平らなお腹。微笑む口元も、よく似ている。

十七日目（帰る日）

白いシーツのなかで、目が覚める。外は晴れている。宿から歩いてタミの家へ向かう。

午前中から、ヴァールがまたやってきてくれた。お昼を食べる約束をしていたサバと奥さんもやってくる。帰る当日の食事とはいえ、奥さんのいる席で、慌ただしさはいけません。すべての集中を、一緒にいる時間に向けなければ、何か大変なことが起きる。これは、私が小さい頃から決まっていることでした。

太陽はすっかり高く昇り、もう真夏のような暑さでした。海沿いのレストランまで奥さんはサバの腕を組んで、ゆっくり歩いています。レストランは涼しく、無事に着いたことにほっとして席につくと、ぷーんと香水のような匂いがする。みんな鼻をたててなんの匂いか確かめていた。ウエイトレスが、お手拭きを手渡しにくると、なんの匂いだったのか分かりました。

奥さんがひとつひとつメニューの内容を聞いている。静かに乾杯する。サバはひとりでビールを飲んでいる。

料理は、とてもきれいに盛りつけられていて、魚も野菜も豆も美味しい。

サバが残した食事を、母がフォークでつまんでいる。

帰ってまた荷物の整理をしていると、家を出なければいけない時間になっていました。

モシェが仕事から帰ってくると、荷物を車に乗せて出発です。具合が悪くて一日中眠っていた妹も、もごもご起き上がってきて、一緒に来てくれました。妹はしばらくイスラエルに残るので、空港で別れを言わなければなりません。

チェックインをする所は人で溢れかえり、並んでいるうちにどんどん時間は過ぎていきました。これ以上一緒に入れないところで、ガルが目を擦って涙を止めようとしていました。涙はどんどん移ってきました。タミは私に、これで姉妹が離れている辛さが分かるね、と、気持ちを分けてくるかのように言いました。どんなことにも微動だにしないタミは、ここで別れを言うときだけいつも母を見ながら涙を流しました。

表情を変えずに立っているモシェが、さあ、と言うとそのまま連れていかれるように、なかへ入っていきました。なぜかモシェは、空港にいる友人の伝手で一緒になかへ入ることができました。腕に巻いてあるそれで、どこへでも一緒に通れました。荷物でごろごろしている私たちに付き添ってくれ、気がつけば、ほとんど荷物を持ってくれていました。アラブの町で買った鉢植えも、ビニールに包まれて、持ち抱えられています。

免税店をろくに見る時間もなく、私たちは慌ただしく飛行機に乗り込みました。

X章　満月の夜、ユダの砂漠で

ある日、テルアビブのはずれの老人ホームにいるピナに会いにいきました。物に溢れている家のなかにいる姿とは違っていましたが、黄緑色のTシャツと黄緑色の靴下が、よく似合って、美しい白い髪、これは変わっていない。少し短くなっている。

ピナは私のことも母のことも、サフタ、グローリアのことも覚えていました。グローリア、と何度か呟くので、グローリアは二十三年前に死んだよ、と伝えると、目を丸くしました。

ピナの娘ロミナは、ここを訪れる前に、「母は普段ほとんど喋らないし、色々なことを忘れてしまって、会うのには覚悟がいる」と何度も言いました。私たちが知っている母ではないよ、と。

耳も遠いので、耳元で、大きな声で話しました。そのたびにゆっくり静かに、そして確かな顔で、何か返事をしてくれました。

普段何も話したがらない母が、様々なことを思いだしながら、それを言葉にしようとしている、とロミナはおどろきながら、目頭を押さえています。

ロミナと私の母は小さな頃からよく遊び、ピナとサフタは、それぞれ母親になる前から仲がよかった。

何かのきっかけでピナはイディッシュ語の話もしてくれました。イディッシュ語は、心の一番奥を表すのに本当に適している言葉だと、いつまでも噛んでいたい、美味しいものを口に含む表情で言いました。

ふと、アイザック・B・シンガーのイディッシュ語に対する思いや、日本で会った、イディッシュ語を話すことのできる方のお話を、思いだす。それぞれが、イディッシュ語に対して同じ空気を語っている。イディッシュ語を話していた人々が、陸や海を渡っているうちに広がって散らばった、その言葉から生まれる楽しさや気配に、私はイスラエルを通じて強く反応しているのかもしれないと思った。

イディッシュ語以外にも、その時代によって、その地域によってユダヤ人がつくったり発展させた言葉は、十以上あったとも言われているそうです。

「心の内を話すのに適している言葉」

普段気持ちをうまく伝えられない人や、言葉をうまく紡ぎだすことができない人でも（どれもこれも自分のこと……）、会話という素早く動く時間のなかで、丁寧に体の底から言葉を持ち上げてきて、さわって確かめて、それを人にあげることができる言葉なのだろうか……。

ピナは八十九歳になりました。絵はもう描いていません。大きな絵が、タミの居間にずっと飾ってあることを伝えると、どんな絵だったか思いだそうとしている。抽象？　具体？　と聞いて、抽象的な絵で色々な淡い色でできている、というと、うんと頷く。

サフタの話になると、ピナの目は遠くに滑ってゆきました。ふっと目をこっちに向けると、私の奥を見ながらにんまりして「重なっている顔がある、グローリアの顔が見えるね」と言いました。

ピナは私を見ながら、私ではない誰かと、私を通して繋がっているようでした。それはなかなか心地よい感覚でした。

この頃には、向こうのベンチで、目が合うたびににっこりと夕日みたいににじんわりした温かい笑顔を浮かべるおばあさんは、レース編みのベストを編み終え（数週間、数ヶ月かかりそうな、細かい美しいレースだった）上の階へ戻りました。世間話の節々で「どこから来たの」「何歳なの」と聞いてくる、兎の群れのように柔らかそうなおばあさんたちもいなくなっていて、居間となっているロビーには、私たち以外に誰もいなくなっていきました。

そして、ピナの滑らかな絹糸のような頬にキスをすると、ピナも、「また会おう」と言って、上の階へ戻っていきました。

＊＊

ゴラン高原を目指す。

このときはロシ・ピナから出発し、何日かかけてゆっくり北へ向かい、ゴラン高原で暮らしたソーニャの十周忌に行きました。

みんなが墓石の周りに集まると、ソーニャの父が話し、女性が歌いました。太陽がゆっくりじっくりこっちを照らしながら沈んでいきます。

ソーニャが暮らした家

ソーニャには一度しか会ったことがないのに、そのときのことをとてもよく覚えています。住んでいる家の前に到着して、車から降りて、塀の向こうを見ると、丁度よいところに来たという感じで、Tシャツとジーパンを履いたソーニャの長い髪の毛を男がカミソリで剃っているのが見えました。長い髪の毛が芝に落ちて、ソーニャの顔は嬉しさで溢れていました。塀越しに見るその姿は、高学年の女の子や男の子を、何とも言えない憧れの気持ちで見ているのによく似ていて、その日に一度会っただけなのに一度以上の印象のまま、もう会うことがありません。

ソーニャのお墓は、大きな石のまわりに花が植えられ、日々人々が手入れしているのだと分かります。皆は石を添えていきます。茂みから花を抜いて、添えられた石の輪のなかに置きました。近くで墓を見ているうちにふと、ここに向かって生きているのだと、これまでにない程強く感じました。知っていた筈のことは、知っているつもりになっていただけで、知っていると言いきれる体験をしていないのだよ、と高原の天使に囁かれているようでした。

＊＊

その翌日、ゴラン高原でワイナリーを営むツィガレ一家のぶどうの収穫を手伝いました。朝四時に起きて、がたがた揺れながら農場の木々のあいだを抜けるとぶどう園が広がりました。ちょうど今日がワインにぴったりのぶどうなのだと言います。

この日のために、市場で半ズボンとTシャツを買うくらい、ぶどうとりを楽しみにしていました。端から順々に、ハサミを片手にぶどうをとる。ときどき、スーパーで見かけるような房付きレーズンになっているものもあって、そんなときは一粒二粒食べたり、後でのおやつに、と、ポケットにしまったままシロップになりかけて、ポケットのなかがべたべたになったりする。

同じことを同じリズムで繰り返すときの、あの気持ちのいい感覚がしてくる。みんなで歌いながら作業を進める。長男のガールフレンドはブラジル人の移民で、ボサノヴァを口ずさんでいました。

何か日本語の歌を教えて、というのであれこれ試して、「大きな」「うただよ」「あのやまの」「向こうから」のあとに続いてもらうと、覚えなくても一緒に歌えると気がついてから、ゴラン高原に日本語が流れだしました。低い山に囲まれ、ぶどう畑が連なるその向こうには、まだ熟していない洋梨の畑が続いています。

だんだん日が出てくるとあまりの暑さに、誰かのキャップを借りました。車の後部座席と、後部ガラスのあいだのあの、本棚みたいなところに数年ほど寝かせてあったみたいに色褪せてくったりしたキャップは、頭にぴったり馴染みました。急に、何年も自分の姿を鏡で見ていない気持ちになりました。肌にのったものの感触だけが確かなもの、という妙な感覚。ときどき回ってくる大きなペットボトルの水は、必ず飲まなければいけません。じわじわと体が水分を失う気候で、喉の乾きも感じないまま、気がつかないうちに体が枯渇して、ぱったり死んでしまう人がこの季節にいるのだそうです。

はじめ、二、三時間ほど手伝うと聞いていましたが、気がつくともうお昼になっていました。夢中になっていてなんとも思わず作業を続けていたけれど、後で聞いたら、収穫をしにくる筈の隣町のワーカーの車がパンクしてしまって、時間に来れなくなってしまったのだと知りました。

ツィガレには三人の息子がいて、三人ともよく働きます。全部収穫できると小さなトラックに次々と積んでいきます。スイカを人から人へひょい、ひょいと投げるように、ぶどうで一杯の箱をテンポよく手渡している。見渡すかぎり、喜びに溢れている。

ところどころ沈んだ紫色に染まったTシャツで、汗を拭きながら、車に乗り込む。ワイナリーに着くと、ごはんが出来上がっていました。途中で疲れて、ぶどうの房を切り取るハサミを置いた女性や、赤ちゃんを抱いている女性は、みんな包丁に持ち替えて、せっせとごはんを作っていたのでした。なかには急に暑くなった朝の光にとーんと肩を押されたかのように、ソファに倒れ込んで眠っているような、気絶しているような人もいました。目は閉じているけれど、口がぽっかり天井を向いたまま開いている。

クーラーのひんやりした冷たい空気が珍しく気持ちいい。ご飯を食べると、いつもと違うかたちで体じゅうが満たされていく。男の子たちも少し遅れてやってきて、残ったごはんをきれいに食べ、最後にはお皿に残っている味のついたどんな小さなものまでピタパンで拭って食べました。

するとツィガレが、今日の収穫は三トン半にもなったと知らせてくれた！　ボトルにすると何本だったかもう忘れてしまったけれど、小さな房の連なりがこんなに重たくなることに、みんな目を丸くして驚いています。

壁に映された映像から、ニール・ヤングが歌っている姿が流れてきて、ああ、何もかもが良い方向に進んでいる、という気持ちになる。鏡の前で、しばらく自分の姿を見ていない感じがするのと同じくらい、普段聞いている音楽を何年も聞いていない感じがした。ごはんと同じくらい音楽が体じゅうを巡っている。

急に、十二歳くらいのことを思いだしていた。ツィガレの家はまだワイナリーになっていなくて、兄弟は今よりもずっと小さい。長男のレイは年が近く、活発で、小鳥のように素早く動き、何もかも一遍にやろうとする、強いエネルギーを振り絞っていました。

その日はたまたま私の誕生日で、そんなことはすっかり忘れて遊んでいると、二階からケーキを抱えたレイが歌いながら降りてきた。みんなも彼に合わせるように、小さな体に見合わない大きなケーキがひっくりかえらないか、首を伸ばしながら歌ってくれました。

レイの振り絞るエネルギーはただただ強いだけでなく、それは同じくらい、優しいエネルギーにもなっていて、幼いながらに、珍しいなあと思ったのを憶えています。同じ年の男の子から、そうした優しい気配を、感じたことがありませんでした。

夏だったのに、まるで春のはじまりの空気のなかを、その数日間の思い出が舞っている。

綿が一面に咲く畑を散歩したり、橋の上から——どうしてあんなに濁っていたのだろう——にび色の川に飛び込んだり、たくましい四輪のバイクに乗せてもらい、近くの樹木園を走りながら、通り抜ける木々の名前を教えてもらったり。

ワインを飲まないけれど、報酬としてもらった重たい二本のワインを大切に抱えて、夕方頃、テルアビブ方面に帰る人の車に乗せてもらう。

＊＊

突然、テルアビブへ帰る途中にあるマフラへ行こうと思いたち（名案だ！　と思いながら）電話してみると、迎えに来てくれるという。

これまでの旅の車の乗り継ぎは見事で、高速道路の脇や、どこかの商店街の終わりとか、快く車に乗せてくれた人々のおかげでイスラエルの隅々まで移動することができました。

イスラエルにドライブインがあることを、初めて知ることにもなりました。ゴラン高原から車に乗せてくれた人と、無事に合流できた次男のラファエロと、ドライブインでお茶にしました。

ラファエロは少し疲れた様子でした。来るまでの短い時間に何があったのかゆっくり高い声で、ときどき早口になりながら話してくれました。

サーフィンをした帰りに、ヒッチハイカーを車に乗せたら、乗せた女性がベルトを締めていなくて、そこを警官に停められ、罰金を払うことになってしまい、しかも、なぜかラファエロ本人は海の帰りでTシャツを着ないで運転していたから捕まったのかもしれないと思い（いつか、上半身裸で運転すると違反だと聞いたらしい）、すると、警官まで混乱してきて、もう行きなさいと言われて行こうとしたものの、警察が示す方向とは反対の方向へ行かせてくれと言っていたら、偶然前から友人が歩いてきて世間話になって、こんなところに車を停めないでくれと警官がざわめきだし……。何かの周期で訪れる、たくさんのことが一遍に起きる時間のようだ。何もかも同じときに、同じだけのエネルギーを注ぎ込まなければいけなくて、ひとつひとつ丁寧に片付けたいのに、全部ここで解決して、というあの時間。

そんな話を聞きながら、ものすごいスピードで走る車に乗せてもらい、ベルトをし忘れてしまうことなく、このときはすうっと肩の後ろからベルトを引っ張り出していた。

この数日間、たくさんの声がしていたけれど、もう、開いた窓の外の風は、勢いよく吹くだけで、静かな風だった。ここはイスラエルでありながら、吹いてくる風はどこでもないところの風で、急にこれまでにあったたくさんの出来事が、るるーとどこかへ吹いていった。

好きな場所には（土地には）どこでもないところへひっぱりだしてくれる人や空気がある。

マフラに着くともう真っ暗になっていた。ニツァンは誰かと長電話している様子だった。

簡単な夜ごはんを食べて、散歩をして、もう眠る。このあいだ訪れたときと同じ蚊帳のなかで、ふとんの底へ沈むような深い眠り。

十分に休まった、と何かに合図をされて、穏やかに目が開いていく。それを部屋じゅうのものが喜んでくれているような、爽やかな目覚め。起きると、もうお昼だという気がしたけれど、まだ朝の早い時間でした。

真夜中に、動物が家の周りをぐるぐる廻って吠え狂っていたけれど、それは夢の奥へ引きずりこむ螺子《ねじ》をみんなが回してくれただけだった。

昼前には日がかんかんに照り、アボカド畑へ散水される大きな大きなバケツのような水溜場に、飛び込む。ひゃっと一瞬息がとまり、すぐに呼吸を戻そうとする。外はあんなに暑いのに、水のなかはこんなにも冷たい。泳ぐと、白いTシャツがぶかぶかと浮かんでくる。

世界の隅々までごくりと飲み干せるような、あの、瞬間的に拡大する大きな愛を感じていたとしても、私はこの水のなかで浮かんでいることしかできない、小さな人だという実感が、体じゅうを埋めていく。他の何になりたいわけでもなく、ただ、そんな実感に体が浮かんでいるだけだった。

昼過ぎに、隣の村まで行くラファエロについていき、そこでラファエロが十分、十五分くらい立ち話をしているあいだに、外にわんさと実っているパッションフルーツを三個くらい食べてしまった。固い皮の一部を齧って捨て、そこからじゅうっとなかの種と蜜と、そのあいだの、柔らかい筋みたいなのもを吸いこむ。半日以上日光を浴びて、もう、信じられない程美味しくなっていた。地面に落ちているのを、何個か持って帰る。

ネコとラファエロ

ラファエロは、前の日に庭先で見かけて、欲しいと思っていた壊れたサーフィンボードを譲ってもらうことに成功した。それを帰ってから直し、旅行中で今はいないイタマールにあげようと、嬉しそうだった。

たぶん、場所は思っている以上に自分が考えていることと、ぴったり合っているのだと、耳鳴りのようにずっと響いている。体が欲しているものを、スーパーで気がつかないうちにカゴにいれているみたいに、体は、世界のどこだろう、というところにまで、日々反応している。人間の小さな体は、ここにいながら、世界の隅々を触っている。

＊＊

満月の夜にユダの砂漠を巡りましょう、と誘ってもらったのは、イスラエルへ到着してからすぐのことでした。

初めて訪れる国のように、自力でどこへでも出かけるようなイメージで、行く前は張り切っていましたが、いざ着いてみると、イスラエルではいつも人に助けてもらっていることに、改めて気がつきました。


テルアビブからエルサレムへ向かうときと同じ道を通って、ユダの砂漠へ向かう。あと少しで、荒くて砂っぽい旧道がぽっかり思いだせなくなりそうなほど、この滑らかな新しい道を、何度も通っているような気がしてくる。

エルサレムを通り抜けていると、つるんと光を反射する壁が長く続きました。壁の向こうは、パ*レスチナ自治区、ウエストバンク（ヨルダン川西岸地区）でした。

運転している友人が、いま走っているこの道は、この通り道を除いて両脇がパレスチナだったけれど、今はこの道と、この道の右側がイスラエルになったということ、あそこに見える建物は、建物の向こうからパレスチナで、建物のこっち側はイスラエルだった、ということを場所が変わるたびに話してくれました。

別の日にエルサレムを巡ったときも、同じようなことがありました。オリーブ山から旧市街を眺

ヘロディオンの手前　道路脇の看板　「この先はパレスチナ自治区
イスラエルの法律により　イスラエル人立ち入り禁止」

めたり、キリストが盲目の人を癒したという場所を通ったり、ユダヤの一番古いお墓を丘の上から眺めたり、遺跡を見学したりしてその日は過ごしましたが、その日運転してくれた人も、ここは通れるけれどそっちは通れない、という話が尽きることはありませんでした。

パレスチナ自治区と呼ばれる地域にも行きました。目的地のヘロディオンまでの道のりは、C地区と呼ばれ、行政権、軍事権ふくめ実権をイスラエルが握っているのだといいます。そして、その両脇に広がる土地は、A地区と呼ばれ、パレスチナ自治政府が行政権、警察権ふくめ実権を握っているのだそうです。

あまりにも細かな決めごとを目の前にして、エルサレムは粉砕骨折をしているみたいだと、うねり廻る車に乗りながら思う。歴史よりも人よりも、疲れているのは、もしかしたら大地かもしれない。

こうした体験は、イスラエルへ行く前に読んでいた、アモス・オズの『私たちが正しいところに花は咲かない』という本の内容を思いださせました。そこに書かれていたのは、今のイスラエルは、正式な離婚が必要だということでした。両者が平和に暮らすために壁を作ることの必要性が綴られています。

「壁はときには、敵どうしが喧嘩しないように、殺し合いをしないようにするために必要な道具なのです」と言います。それは、パレスチナ人にはパレスチナ国家を、イスラエル人にはイスラエル国家を、という二国家方式です。そして、パレスチナとイスラエルのあいだには、誤解なんて、本当はないということも書いています。

「パレスチナのアラブ人とイスラエルのユダヤ人のあいだには基本的な誤解などまったくない。パレスチナ人は彼らがパレスチナと呼ぶ土地が欲しい。彼らはこの上なく正当な理由があって、その土地を欲しがっている。イスラエルのユダヤ人たちも、まったく同じ理由で、同じ土地が欲しい。こうして、双方ともに完全な理解が成立しています。」

マハトマ・ガンジーはマルチン・ブーバーへ送った手紙のなかで、イスラエル建国についてこう書いています。
「誇り高きアラブ人を立ち退かせ、そこにユダヤ人を入植させることにより、パレスチナを部分的にあるいは完全にユダヤの民族的郷土に作り変えるということは、まさに人道上の犯罪でしょう。ユダヤ人は、それぞれ自分が生まれ育った国がどこであろうと、そこで公正な扱いを受けるよう要求するほうが、高潔な行ないであるはずです。」

入植にしても、ユダヤ国家にすることにも、賛成していない。

イスラエルへやってきてあちこち巡りはじめると、だんだんと考えや意見がなくなっていることに気がつく。そういうものを持つのではない方法で、その地の空気を吸いはじめている。

＊＊

長い壁が続き、しばらくすると*エリコの町が見えてくる。

砂漠へ出発するのは真夜中で、その前に、砂漠のどこかの地点のプールで集まる。着いたときはまだ明るくて、あとちょっとで暗くなりそうで、まだならなかった。

眠たくなってきて、外は真っ暗になっていて、もう深夜をまわりそうな頃にジープに乗り込む。

朝日が昇る時間まで砂漠のうねりに添うように、探検する。ときどき降りては、暗い砂漠のなかを歩く。満月まで、あと二、三日ありそうだったけれど、それでも、車のエンジンが消えた真っ暗な砂漠では十分な明かりだった。砂漠が果てしなく続き、何世紀も前を生きている人になった気がした。目は砂漠に吸い込まれるばかりで、眠いということもあったけれど、夢を見ているみたいだった。

しばらくすると、通ってきた町、まだまだ眠る気配のないエリコの明るい町がふたたび見える。コーヒーの時間だといって、人々が集まり小さなコンロでお湯を沸かし、コーヒーを淹れてくれた。すると、砂山の上に用意された折りたたみ式のテーブルの上には、奥さんたちが作ってきたお菓子がずらりと並び、あっという間に真夜中のティーパーティーになった。んん、美味しい！　と言いながらみんなレシピを交換したり、両親がどこからやってきたのかなど、話している。レシピは代々巡るもの、というのは当然のことのようで、両親がどこの国の人かによって、同じ料理でも作り方や味がちょっとずつ違うらしい。びっくりするほど濃いコーヒーを飲んだというのに、やはり目は今にも瞑ってしまいそうだった。真夜中のティーパーティーはだんだん霞んでいく。車に戻って、眠ってしまった。

誰かが優しく体を揺すっている。目を開けるとそこは車のなかで、「もう、昇るよ」という声が聞こえてくる。

外に出てみると、みんなはずっと起きていたという感じで、崖の端で体育座りして、一面に広がる海のほうを眺めながら朝日を待っている。

はじめ暗かったけれど、だんだん暗い空が薄くなってくる。みんな心のなかでは、もう雲の向こうに朝日が昇っていると、思いはじめているに違いない。お互いの目の下のくまもくっきり見えてきて、それでどうするの、という気力さえもなくなっている表情。すると誰かが大きな声で、さあ、帰る時間だと言う。


ジープって本当にすごい、砂漠を昆虫みたいに自由に動きまわっていた。あとちょっとで逆さにもなれそうだった。パンケーキみたいに、はじめヘラの勢いにのって途中までそり返り、残りのちょっとはパンケーキの意志で引っ繰り返っているのではないかと思うように、ジープにもそり返る力が十分にありそうでびくっとしている反面、どこかで信用していた。運転してくれていたダビデの奥さんは、「もう耐えられない！」と何度も車を降りては歩き、歩いては車に乗り、怖がっていた。朝方にはすっかり怖れる元気もなくなって、九〇度近く傾く車に、そのまま身を預けていた。

ユダの砂漠には、かつて巨人が暮らしていたという伝説があるのだという。ちょうど、車のなかで誰かがその話をしてくれた。巨人かあと思いながら、窓の外をどこまでも広がる砂漠のでこぼこを見る。

明るくなっている空を、なんとなく振り返ってみると、砂山の向こうから、太陽が顔を出している。車から降りて、みんなで朝日を眺める。すると誰かがひょいと私を足もとから持ち上げ、私は立った姿勢のまま背が伸びて、大きい人になる。すると、朝の太陽と目が合う！

三月頃に来ると、砂漠は一面花だらけなのだそうです。今水はないけれど、冬には砂のあいだを水が流れだし、その流れに添って花が咲く。枯れている植物の姿は、冬になったら水が流れる場所を、しめしていました。

＊パレスチナ自治区　パレスチナ自治区は、パレスチナ地域のうちヨルダンに接するヨルダン川西岸地区と、エジプトに接するガザ地区からなるパレスチナ人の自治地区。その行政は、パレスチナ解放機構（ＰＬＯ）が母体となって設立されたパレスチナ自治政府が行なう。ただし、最終的な地位は将来イスラエルとパレスチナとの間で結ばれる包括的和平によって定められることになっており、目下の正式な地位は暫定自治区・暫定自治政府となっている。パレスチナ自治区の人口は約三三〇万人で、西岸地区が三分の二、ガザ地区が三分の一を占めるとされる。これは、九〇〇万人強いるとされるパレスチナ人の全人口の三分の一にあたる。

＊エリコ　パレスチナ自治区にあるオアシスの町。海抜下二六〇ｍにある、世界で最も低地にある、要塞化された最古の町。

みんなで朝日を待っていた場所

太陽と目が合った！

おわりに

波が昆布やわかめ、くらげや小枝を区別なく、これも巡り合わせといったふうに岸辺に打ち上げるのとそっくりに、個人的なイスラエルを書こうと思うと、様々なものが一緒に運ばれてきました。出来るかぎり、運ばれてきたものを丁寧に見つめてみたいと思い、また、そうする以外に書き進める方法がないようでした。

宗教や、翻る旗のような思想をもたない家庭で育ちました。イスラエルや日本の血を意識する瞬間はあっても、その意識の脈は細く、普段はひっそりしています。しかしなにかの拍子に脈が大きく波打つことがあります。例えば、アイザック・B・シンガーやバールミツバについて書いた章は、そんな時に書いたものです。他にも、そのような場面があるかもしれません。

イスラエルと日本、性格の違う二国に育てられ、似ても似つかない両親（それとも似すぎて、似ていないように感じるのか……）に育てられ、もしかしたら、いつもちぐはぐな環境にいたのかもしれません。どんな環境だったにせよ、いつも日溜まりにいるような、あたたかい気配を感じました。むこうで、もしくはここで争いがあるのを知っていても、空気や人間のあたたかさが、いつも大きかった。それはどこにいても変わりませんでした。

イスラエルに住んでいたおばあちゃん（サフタとして本書に登場しました）や、日本に住んでいた、しんだおじいちゃんとおばあちゃん、それに会ったことのない祖先と近い場所で、この一冊の本は、ページを増やしていったという感触があります。この人々の命あっての今なのだということを、これまでにない程つよく感じ、そして時間が何であるにせよ、宝物だと思えてくるのでした。

本書は、季刊誌「真夜中」での連載「イスラエルに揺れるペーラップ」を、「イスラエルに揺れる」に改題して、書き下ろしをくわえ、一冊にまとめたものです。

高校を卒業したばかりの頃（だったと思う）、文章を書いてみませんか、とリトルモアの熊谷新子さんは、声をかけてくれました。時間が巡って、イスラエルの連載をはじめることになったとき、どこからどう書くのか見当もつきませんでしたが、とてもうれしくなったのを覚えています。

イスラエルと日本を行ったり来たりしているようで、このふたつの国はわたしのなかでは透けて重なり合っていたということに、今になって気がつきます。また、むこう岸で揺れている花なんてないということ、いつもこの胸のなかで花は揺れているということ、じっとし続けるものはないということを、心のなかのイスラエルは囁いていたようにも感じます。

本の背をすぐそこに控えながら、つよく光を放つ想いがあります。乗りこえることが困難なものを前に、いつも柔らかくありたい。目の前に立ちはだかるものは、わたしたちを柔らかくする可能性を与えてくれていると思う。ちょうど今朝ベランダに咲いた、ばらのように。花びらは柔らかく、ほんのり香ったうすももの小振りなばら。棘は目立たないが、ないわけではない。

本の装丁をして下さった服部一成さん、山下ともこさん、ここまで付き添って下さった熊谷新子さん、出版して下さるリトルモア、「真夜中」でお世話になったみなさん、ほんとうにありがとうございました。

そして、イスラエルと日本を紹介してくれた父と母に、いつもと変わらず支えてくれた友人と家族に、本に登場するすべての友人に心からの感謝を。

晴れた日に　東野翠れん

参考文献

『わが父アイザック・B・シンガー』イスラエル・ザミラ著　広瀬佳司訳　旺史社
『お話を運んだ馬』アイザック・B・シンガー著　工藤幸雄訳　岩波少年文庫
『やぎと少年』アイザック・B・シンガー著　工藤幸雄訳　岩波書店
『ネリー・ザックス詩集』綱島寿秀編訳　未知谷
『パウル・ツェラン／ネリー・ザックス「往復書簡」』飯吉光夫訳　青磁ビブロス
『タルムードの世界』モリス・アドラー著　河合一充訳　ミルトス
『わたしたちが正しい場所に花は咲かない』アモス・オズ著　村田靖子訳　大月書店
『ユダヤとイスラエルのあいだ　民族／国民のアポリア』早尾貴紀著　青土社

初出

季刊「真夜中」No.1～7で連載されたものに加筆訂正をくわえました。

Ⅲ章「チキンスープの湯気——アイザック・B・シンガーに出会う」、Ⅵ章「バールミツバ」、Ⅹ章「満月の夜、ユダの砂漠で」、「セフェル・ヴィホロノット」は書き下ろしです。

プロフィル

東野翠れん（ひがしのすいれん）

一九八三年東京生まれ。

日本人の父、イスラエル人の母のもとに生まれる。幼少期に二年間イスラエルで暮らし、その後もたびたび訪れている。

十四歳で、手にした一眼レフをきっかけに写真を撮りはじめる。

十八歳よりミュージシャンのポートレイト、CDジャケットなどの撮影で写真家として知られるようになる。並行してファッション・モデルとしてもテレビコマーシャル、雑誌などで活躍。また十九歳の頃、映写機で写しだされた8ミリフィルムの映像に魅了され、8ミリフィルムで撮影をはじめる。

これまでファッション誌、カルチャー誌、文芸誌、芸術誌で写真や執筆の連載多数。

著作に、自身の写真と散文で構成された初の作品集『ルミエール』、友人との交換日記や物語で構成された『縷縷日記』（eri、市川実和子との共著）、ポラロイド写真と詩で構成された『風花空心』（湯川潮音との共著／写真を担当）、モデルとして写真家ホンマタカシと共作の写真集『アムール翠れん』、「芸術新潮」での北京撮影取材による『漢文スタイル』（齋藤希史著／写真を担当）。

イスラエルに揺れる

2011年11月9日　初版第1刷発行

著者　東野翠れん

ブックデザイン　服部一成　山下ともこ

編集　熊谷新子

発行者　孫 家邦

発行所　株式会社リトルモア
〒151-0051 東京都渋谷区千駄ヶ谷 3-56-6
TEL: 03-3401-1042　FAX: 03-3401-1052

info@littlemore.co.jp　http://www.littlemore.co.jp

印刷所　図書印刷株式会社

ISBN 978-4-89815-318-5 C0095

セフェル・ヴィホロノット

イスラエルへ帰国したとき、母が荷物を整理していると、卒業のノートが出てきました。小学校の卒業に合わせて廻ってくるそのノートには、生徒がクラスメイトひとりひとりに、言葉を寄せたそうです。

詩が引用されていたり、わざと詩的に書いたり、少しリズミカルな文章だったり、韻を踏むなどするそうです。

そのセフェル・ヴィホロノットと呼ばれる卒業のノートに、親が文章を寄せることはありませんが、母は、サフタにも書いて欲しいと頼んだようです。

厚みがあって、鍵のついた白いノート。開けると、クラスメイトに混じって、サフタが書いたページ。

サフタは刺繍が好きでした。すごく上手という刺繍ではないけれど、葉っぱ、花びら、あ、鳥だ、ということが伝わってくる刺繍でした。

そんな刺繍の下書きのような、植物が描かれたそのページ。

ヘブライ語で綴られています。

あなたの思いでに　ロナへ
良い人でいて
かしこくいて
十まで数えて（いつだか　わかるでしょう）
（たりなければ　もう一度繰りかえして）
いつもみたいに　笑っていて
そして　できれば　部屋を　もう少し片付けましょう
あなたの部屋が　いつもこんなふうに　見えないように——逆さまに（途中から、文字がUの字を描くようにひっくりかえる）

ページの右下が折ってあって、「トップシークレット」と書いてある。めくると、

あなたが　こうであっても（人が立っている絵）
こうであっても（人がひっくり返っている絵）
どちらにしても　愛しています
マミ（お母さん）

母は、サフタのページだけ抜きとって、日本に持って帰りました。

家には、その手紙が飾られています。

だんだん逆さになっていく文字を見ながら、ひっくり返っていた子供の頃の自分の部屋まで思いだします。


踏み場がないほど散らかった部屋を、片付けてとよく言われました。

いつもは耳を抜けていってしまう言葉が、時々何か分からないものに、抜け道を塞がれてしまって、片付けなければいけない休日がきます。


すると、普段使いきれていない体のなかの筋肉を隅々まで働かせながら、大掃除を始めました。

隅々まできれいに片付けて、掃除機をかけ終わるまで、両親には部屋に入ってはだめ、と言っておきます。そして、折りたたみ式の小さなテーブルの脚を出して、家にあるお茶やおやつを並べて、両親を部屋に招きます。目を丸めて驚く顔に嬉しくなりながら、床におしりをつけて、お茶をする。やるべき事をやったという満足した気持ちと、ティーパーティーに人を呼ぶという感じに、なんともいえず楽しくなる。

こんなふうに、片付けるということは、私の部屋だけは年に数回の催し物みたいになってしまいました。きれいになった部屋のなかで遊びはじめると、大きな部屋にぽつんといるようでした。そして、「しょうがないなあ、いやだなあ」というじめじめした掃除の始まりの気持ちは忘れてしまいました。

こんなことを思いだしていると、サフタも、もしかしたら小さい頃は部屋がひっくり返っていたのではないかと、なぜか、そんなことが思いをよぎります。

手紙のなかの、「十まで数えて（いつだか　わかるでしょう）」というのは、どうやら怒りっぽかった母に、カッとしたときは、ひとまず「十まで数えて」、そして、「たりなければ　もう一度繰りかえして」ということのようです。

おばあちゃんとしてのサフタではなく、母親としてのサフタがこの手紙のなかにいて、それは、私の知らないサフタでもあります。

זכרון לרונה

תהיי נאמנה;
תהיי חכמה;
תספרי עד 10 (את יודעת מתי!)
(ועוד פעם עד לא די).
תחייכי כתמיד
ותשתדלי להיות קצת יותר מסודרת

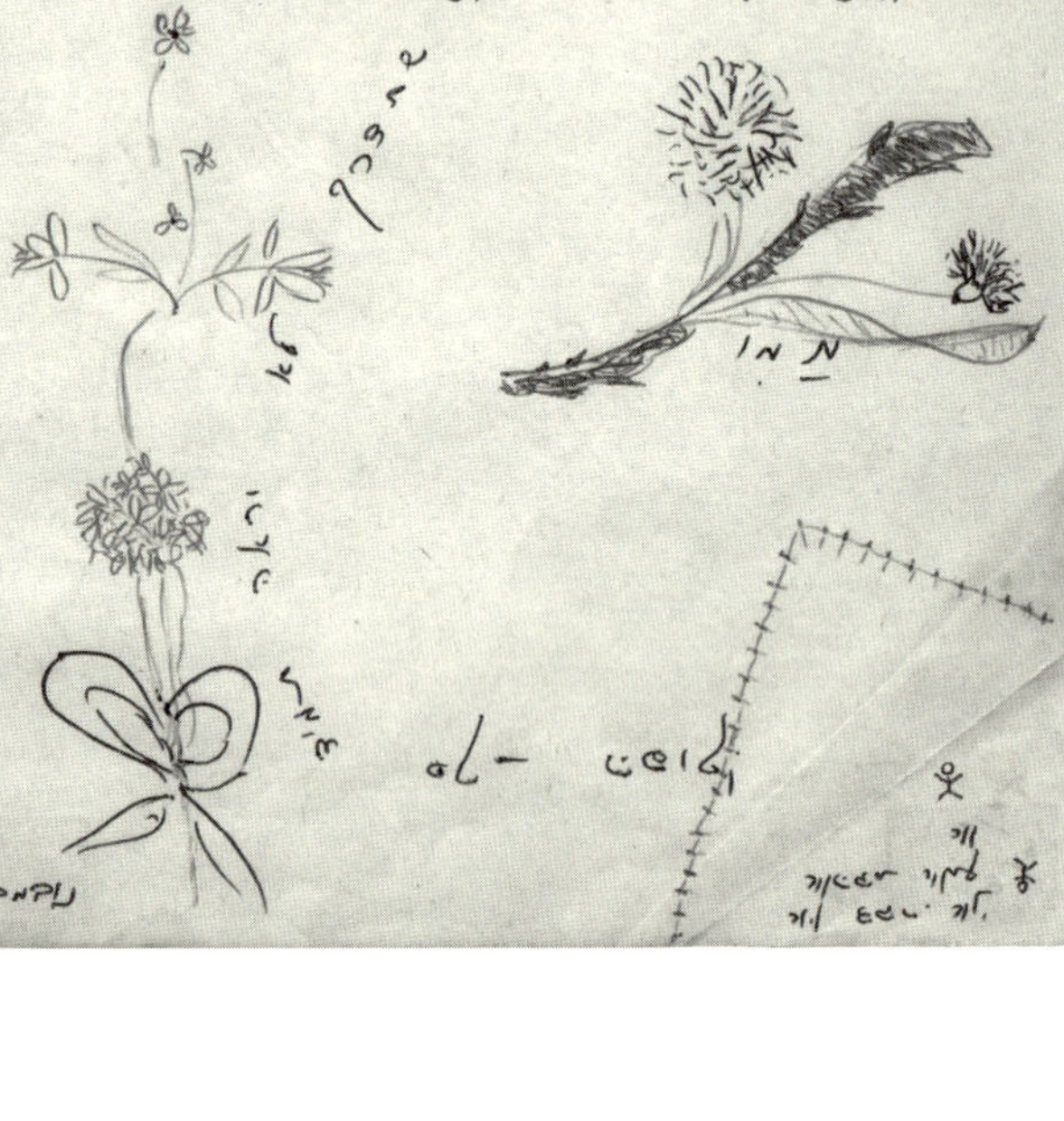